菊池寛と大映

菊池夏樹

白水社

菊池寛と大映

装丁＝唐仁原教久

目次

プロローグ

小説家として文藝春秋の創立者として、また芥川龍之介賞や直木三十五賞の創設者として祖父菊池寛について書かれた書物は数多くある。しかし、大映初代社長としての菊池寛について書き残されたものはとても少ない。私自身も知らなかったことのほうが多い。

私は一昨年、『菊池寛急逝の夜』を刊行した。その資料を読んでいるうちに、祖父と大映の永田雅一の奇妙な出会いと不思議な関係があることに気がついた。この不思議をもっとも総括してくれているのが、祖父の親友で『宮本武蔵』の著者吉川英治氏が書いた『大映初代社長としての――菊池寛氏を偲ぶ』という小さな随筆であろう。昭和二十六年十一月に刊行された『大映十年史』のために書かれたこの随筆には、タイトルと署名が吉川英治の自筆で載せられ、氏の写真が付されている。

まずこの文章を借用して、日本の映画史の中で菊池寛と〝永田ラッパ〟といわれた永田雅一という、ふたりの大きな個性の持ち主の生き様を追っていきたいと思う。

原文には旧字が多く使われており、そのまま引用すると読みにくい。吉川英治氏のご子息吉川英明氏の許しをいただき、読みにくい部分を新字使いとした。

『永田に見込まれてしまったのさ。大谷さんもすゝめるしね、ぼく、やることに極めたよ』大映の初代社長の就任をひきうけたとき、菊池氏はそんなふうな別に感慨もない呟《つぶや》き方をした。それが友達への報告のつもりらしい。いったい本当に乗気なのだか、厭々なのか、例のごとくあの人の表情だけでは分らない。

就任は、昭和十八年三月だったと思ふ。

新聞も世評も、みな意外のやうに書いたし、また有り得ることのやうにも云った。何か、適材が適所にすわったといふ感じはジャーナリストなら誰でもひとしく持った事だからである。

然《しか》し、友人間には、『いゝかねえ。映画になぞ、踏みこんで』と、菊池氏の晩節《ばんせつ》のために、危惧する者がないでもなかった。

殊《とく》に、氏あっての文藝春秋社ともいはれてゐた文春の同人たちには、多少の動揺も事実あったのである。もちろん漸《ようや》く敗戦國の色濃い超統制下の出版社は、それでなくても、業務上、思想上、人事の烈《はげ》しい移動と不安の上にあったのだから、社員として無理な危惧では決してない。けれどこの点においては、日頃から菊池氏の肚《はら》にはいつも絶対に恃《たの》みうる〝持ち駒の人〟を持ってゐた。いふ迄もなく、後の新社の社長となった佐佐木茂索氏なのである。——

あのさい佐佐木氏がゐたので、菊池氏もわりあひに後顧《こうこ》なく大事な晩節の身をあげて、大映にはいったものと、ぼくは観てゐた。

いったい、菊池氏は、あれでゐて、非常に細心なのである。

特に、若い時分から心臓障害を気にやんでゐたので、命数、天命といふことを、つねに心においてゐた。何か生涯の大事を決定するときには必ずその考慮が基盤になってゐる。いひ更《か》へれば、それはあの人が、いかに〝晩節〟を大切にしたかといふ事である。

たしか毎日新聞社（前、東日）の客員に聘《へい》せられたのは五十歳前後の頃と思ふが、そのときの「入社の辞」にも、保険医の診断に依《よ》ると、自分の生命はまだ十年や十五年は保証できるといふので、一身の数年と一管《いっかん》の筆を社に託して仕事をするに足《た》ると思ふ――といったやうな感想を社告のうちに書いてゐた。あんな「入社の辞」を書いた人はほかにない。じつに正直である。自己を社會に買ひかぶらせようとするやうな衒《てら》ひを持たないばかりでなく、自己を大切にし、常に晩節を尊んで進退してゐたことがよく分る。

私生活上の計数面を見てゐると、非常に細かくて非常にでたらめである。普通人の経済観念とちがってゐるやうに見える。

だから精密数字の上に成立ってゐる事業會社の首脳部には、〝置き物〟に過ぎまいと云ふ者もあった。だが、ぼくは菊池的経済観と数の頭脳には、大きな特質があることを長い交友中に認めてゐた。菊池氏は決して数學的奇人でもなければ、でたらめな人でもない。

總《そう》じて、對数學的《たいすうがくてき》に、俗な云ひ方をすれば〝大勘定的〟な人と、〝小勘定的〟な人との二種類がある。大きく先取りを摑《つか》んでゐるか、目先々々の計数を取り込んでゆくか、その二色なのである。菊池氏はその大勘定派の経済學者で、でたらめと見えるのは、傍人《ぼうじん》にその過程の意図が読み取れないためなのだ。――そして又、どうかすると、百圓か二百圓の細かい金にも、むきになってみせたりするのは、人がみな一番関心と興味をもつ物質といふもの丶本質を知りながらその中に遊戯してゐる冗談なのである。さういふ遊びの中に、人の心理を観、人との交友を賑やかにしてゐる菊池氏でもあった。

をかしな比喩と思ふかもしれないが、良寛が子供の中で鞠《まり》遊びしてゐるのと、菊池氏が紙幣のモミクチヤを手にしながらそんな心理で物を玩《あそ》んでゐるのと、同じやうにぼくはよく傍でながめてゐた。

大映社長になってから一、二ケ月ほど後である。ぼくが訊ねてみた。

『映画の仕事は、おもしろいですか』

『うん。おもしろいね。思ったよりおもしろいよ』

その時にはかなり乗気な顔いろが見えた。

どういふ点が一番おもしろいかと重ねて訊くと、封切から一週間、各館の成績が、メーターのやうに、如実な数字となって毎日のデスクに分ってくる。それなんか、ほかの事業では味へない興味があると云ってゐた。おそらく文藝春秋社の出版方面の仕事に何十年となく苦労して来たそれと對比《たいひ》しての感慨ではあらうが、いはゆる文學者らしい感傷にはふれず、さう云ったのは、今でも耳にのこってゐる。そして以後の大映社長としての菊池氏が、永田氏の見込んだとほり、斯界《しかい》にまれな名社長の器であったことも、その一事で充分に察しられてゐた。

器といふやうな言葉は、菊池氏みたいな人物にして初めてよくあてはまる言葉だと思ふ。菊池氏はたしかに一社の上にあって、いかにも「菊池社長あり」といふ重さを感じさせる器であった。大器といふべき人がらであった。

茫莫《ぼうばく》とした太い輪郭をもちながら、じつは達見と時感に敏なジャーナリスチックなセンスを豊かに肚にもってゐた。企画性に富んでゐた偉大なプランナーであったことは文藝春秋の上で幾多の新しい創案を生んでゐることでも証拠だてられる。たとへば、座談会の創始、何々賞の発祥、すべて菊池案だったのである。

だが、大映では、自分の考へを、強硬に企画へ主張するといふやうな事はしなかったらしい。菊池氏らしい大きさである。

永田氏もまたそんな所の菊池氏を買ったとはみえない。無精で、厄介者で、吾儘《わがまま》で、人ばかり寄りたかって来る甚《はなは》だ始末のよろしくないこの人を、『まあ、機嫌よく遊んでゐてくれれば結構――』と、して居るやうに、ぼくら社外人には見えもした。

菊池寛と永田雅一。――から両氏の人間としての人生邂逅《かいこう》ほど、側《そば》で見ていて、ぼくら迄が、うれしいものはなかった。今でも、かう二人が共に語りあってゐた日を思ひゐがくと、ぼくは涙を覚えてくる。

人生眞の知己には會ひ難いといふが、菊池氏にとっての永田氏。永田氏にとっての菊池氏こそ、ほんとのこの世の知己であったとおもふ。

『永田がね。永田が……』と、蔭でも口ぐせみたいに云ふ。『もうちっと、書を読んでくれるといゝんだが』と云った事もある。

『人物だよ、なか〳〵。あれで、ふくらみがつくと、一かどだ』と云ひもした。總《すべ》てそれは菊池氏の多言を要しない心の嘆聲《たんせい》と期待といってよい。なぜなら、ぼくの知る限りにおいて、なか〳〵人にたいして『あれは人物だ』なんていふ事は容易に云はない人だからである。時流の評論家や流行作家などにたいしても、傍人の評など耳にもかけずに『キミ、誰氏はまだ子供だよ』などと云ひ捨てることに平気な菊池氏でもあった。いはゆる人物観と歴史観においては、一見識をそなへてゐたし、自他共にゆるしてゐた氏の口から、永田雅一氏にたいする将来の期待だけは、ぼくもよく聞いてゐた。菊池氏は心から永田氏を信頼し、またその人間を愛し、かつは人生に會ひ難き一人の知己としてゐたに違ひない。

だが、その菊池氏を迎へて、公私に亙《わた》る細やかな敬愛を捧げ盡《つく》してゐた永田氏の誠意もなみたいていなものではなかった。ぼくらは、よくあれまでに出来る、と思ふ友誼《ゆうぎ》と菊池氏にたいする敬慕の姿を幾度となく永田氏に見てゐた。それは〝真心〟といふ以外のものではない。誠実、じつに誠実と友愛に溢れてゐる。誠実と細心な愛情をこめてする永田氏であってみれば――永田氏に接する社員にしても、その誠意を以てすれば、この人は正しく感受するものを胸中に持って居る人である。そんなふうに、ぼくは又、菊池氏と永田氏とを、見くらべてみるのだった。

いづれにせよ二人は、単なる社長と副社長だけの間ではなかった。短所は両方とも大きな短所を持ち合せてゐたらう。然しそれを償《おぎな》ふて余りあるプラスを相互に補ひ合ってゐた。一つの人物的コンビとして、こんなに迄、相互にとって、ぴったりとおもしろい、しかも大きな力を生み出す結合は、事業面でも政治経済面のうちにも、めったにある例ではないと思はれた。

このばあひ何よりも、大映といふ社が利益される事は、ちょっと表現しにくいが、云ってみれば、大きな〝和〟だと思ふ。ぼくら社外人は深くを知らないが、ずゐぶん苦難苦境もあったであらう終戦前後を越えつゝも、つねに明朗な談笑と活気のある空気を一社に醸《かも》しながら、その後の明るい社運を打開して行ったものは、要するに菊池、永田コンビの自然に奏《かな》で出す日々の〝和〟で全従業員の心にもよく浸透して、ひとつの新しい大映的雰囲気がそこにできたからだと、ぼくらは観てゐた。

以後の驚異的な大映映画なるものの進出と次々の企画の目ざましい斯界の壓倒《あつとう》ぶりには、もちろん社員、撮影所々員たちの大きな努力があったからには違ひない。けれど菊池氏を繞《めぐ》る当時の惟慕《ゆいぼ》――といってはをかしいが、社長、副社長室に、いかに愉快な活気と、そして事業への熱中と、自発的な議論などもあったかといふことは、ぼくら常に目撃してゐたことである。そして折々に時ならぬ爆笑や抱腹絶倒も起ったりしながら、或る危険期や波瀾萬丈な業界の苦難を超えてゐたのである。――当時の思想混乱、行政面の隘路《あいろ》、経済面の乱調子など、あのいづこの社とて同じだったやうな一時代をかへりみて、独り大映の〝和〟と、苦境をも愉快の中にのりこえて来たあの雰囲気とは、かへりみて、思ひ半ばにすぎるものがある。正に、菊池氏のもってゐるあの味、人徳ともいふべきもので、配するに、永田雅一氏といふ人がそこにあったことを思ふと、戦國時代史中のやうな人と時代との関係も思はれて、興味津々たるものがあった。

わけても、ぼくら友人にとっても忘れられないのは、菊池氏が社長辞任後における永田氏の変りのない菊池氏への庇護であった。退社は菊池氏の自省と発意には依《よ》るが、いふ迄もなく追放問題もある。従って以後の菊池氏の身辺と雑司ヶ谷の家も、うたゝ昔日の訪客も稀《ま》れになり、さしも菊池寛氏のあの姿にさへ、どこか寂寥《せきりよう》の影すらあったものだが、永田氏が以後も菊池氏に盡《つく》してゐた友情は、むしろ社にあった頃よりも一倍こまやかなものがあった。その具体的な交友の美しさは幾つもあるがここには敢《あえ》て云はない。唯、人生持つべきものは知己なりの感を傍人に深うさせてゐた。そして菊池、永田の一對の友誼《ゆうぎ》が、決して世にありふれた名利一片の刎頸《ふんけい》の交りではなかったといふことを、大映會社の人たちも見、ぼくらも痛感したものだったといふ事を云っておくにとゞめる。

その永田氏に誘はれて、菊池氏、ぼく等などゝ九州、関西地方を一遊したことがある。朝暮の旅行中にも、つく〲感じたことは、菊池氏の人間的な大きさと共に、それをよく抱擁して、菊池氏の晩年をも活かし、自己の短をもよく補ひ、そして大映といふ多難な苗地に、今日の盛華を生かした永田氏の寛度である。菊池氏の器が人物的に大きいと観るならば、寛度、よくそれを容れた永田氏もまた大きな器であると云はねばならぬ。とまれ永田氏にとり、菊池氏はじつに良い先輩であり師であり友であり、會ひ難き人生中の大知己であったと思ふ。

その菊池氏を亡《なくな》ったときの氏の失望と落胆ぶりは、こゝに書く迄もない。いや書くに偲びないものがあった。

けれど、大映の新社屋内で、その年忌を挙行したときの永田社長には、かつてはよく菊池氏が自分の実弟か息子のやうに慾をかいて憂《うれ》ひてゐた性情の激越な点やら余りに熱情に委す一面の若さといったやうな風も、どこかひとつの圓熟と深慮の味を加へてゐた。人間的にも菊池氏に學ぶところが多かったのであらう。ぼくは氏がその風格と内容を加へて来たのを如実に見せられたことそれ自体が、何よりもよい故菊池氏への手向けになったであらうと思った。今なほ、現社長室をノックすれば、胸像菊池寛は、いつも永田氏のうしろに在って、その著名なる頭峰《とうほう》の温泉マークを見て微笑してゐる。時稀、ぼくはそこの社長室を訪ふごとに、この両者の浅からぬ宿縁と、そして友情の美とを深く考へさせられないことはない。どんな科學的生産と社會機構の中にある社業といへ、人間と人間とが相結び相栄えようとするには、必然、かういふ中核と、それを感じあふ全従業員があって、初めて〝隆盛〟が約されるのではあるまいか。ぼくはいつもあの部屋のソファに倚《よ》ると沁々《しんしん》その感を深うするのである。

第一章　菊池寛と永田雅一

昭和十八年夏

昭和十八（一九四三）年八月、その日の東京はちょうどお盆の真っ盛りで、朝から茹《う》だるような熱風に包まれていた。

東京市外高田雑司ヶ谷一丁目の館の西側、二階にある自室で目を覚ました菊池寛は、鼈甲《べっこう》の丸眼鏡をかけ、目覚まし時計に眼をやった。時計の針は四時少し過ぎをさしている。いつも早起きな菊池だが、起きるには早すぎる。暑さのせいだった。黒い舶来製の扇風機は、首を振っている。

この扇風機もやや耄碌《もうろく》しだした。ある部分にくるとカタと音をだし、不揃いな動きをする。眠るときは、五段階の一番微風にしておく、一度強風にして寝たとき、腹を下し、三時間ほど便所から出られなくなったときがあった。その日以来、妻の包子《かねこ》がうるさくいうようになっていた。

昨夜も寝る前に包子の説教がはじまった。

「おとうさんは、だらしないんだからねぇ」

自分にむかっていうならばまだしも、娘の瑠美子《るみこ》やナナ子にむかっていうのだ。そんなとき、瑠美子は「そうよねぇ」といい、ナナ子は「いいじゃないの」としかめ面《つら》をして答えている。姉妹でもこのように反応が違う。瑠美子は母の包子に似て顔も整い、考えもずる賢い。ナナ子は、たしかに自分に似ていると思っていた。女なのに可愛そうなことをした。心から菊池寛は、次女のナナ子の容姿については心配をしていた。

自分も夏目漱石から「壁にぶつかったシャークの顔だ」と罵《ののし》られた。それでも、小学校、中学時代までは、可愛い子だといわれることもあった。

しかし、ナナ子は可愛そうだ。来年の春、日本女子大学に入るといっているから、いま十七歳くらいなのだな。それが、絵に描いたようなおかっぱ頭をしている。色気もなにもない。結婚は無理だなと、菊池寛は諦めていた。

女学校一年のころ、別のクラスから顔を見にくる生徒がいるんだよ、と彼女は打ち明けてきたことがあった。

菊池寛の娘がどんな顔をしているのか、そんな好奇心もあったのかもしれないが、女で自分に似ているのだから違う興味もあったのだろう。父としては不条理を感じていた。

しかし、本人はあっけらかんとしている。そんなとき、あいつは男だな、と思う。なにごとにもストレートだし、虚飾を嫌う。気持ちのいい女なのだ。これからは、なにも結婚だけが女の幸せではない。

ナナ子のような女は、小説でも書けばそれなりの幸せを摑んでくれるだろうと思っている。

足元でカタと音がした。耄碌した扇風機の音だ。一瞬だが、寝てしまったのだろう。

菊池寛は、首を振っている扇風機の台に手をやった。扇風機のコードに巻きつけてある保護布が捲《めく》れている。四枚羽を覆う籠のようなカバーの黒いペンキもはげかかっていた。台には横にスライドするノブがついている。

菊池寛は、そのノブを右いっぱいに滑らせてみた。扇風機が全力をあげて首を振り出した。

小さな寝室のドアを開いて、菊池は隣室の仕事部屋に移動した。籐《とう》の椅子のうえには、今日着る着物と帯が畳まれていた。毎晩包子が用意してくれているのだ。うるさいがこんなときにはありがたいと思う。

黒の長襦袢に紺色の紗《しゃ》の着物、総絞りの兵児帯はいつものやつだった。寝巻のまま、昨日着ていた背広の左のポケットをまさぐった。昨夜川端君と会って早めの夕食をとったときに残した煙草が数本あるはずだった。

般若が浮き彫りにデザインされた銀製のシガレットケースが手に触れた。

チェーンスモーカーである菊池だが、ここのところ持病の心臓病が良くない。

愛好する煙草キャメルの箱は、封を切らずに右のポケットに忍ばせてある。外出したときはできるだけケースに入る十数本だけにしておこうと思っている。しかし、守られたことはない。

指で留め金を押し、銀の蓋を開けた。ゴムバンドでとめられた煙草は三本であった。その一本をぬくとゴムで押さえられた部分が平らの痕《あと》をのこしている。菊池寛は、その部分を指でなぞって、マッチで火をつけた。

マッチは、確か昭和十五年の十二月から砂糖とともに配給制になっていた。米の配給がその前の年だった。塩までもが配給になっている。

毎朝のこの一本がたまらなく美味しく思う。

川端康成から電話があったのは一昨日《おととい》の夜だった。自分の声もかなり高いほうらしい。息子の英樹に聞くと「父さんの声はキンキン声だよ」といわれたことがあった。川端君の声もキンキンしている。

川端君の話では、先月決めた芥川龍之介賞の受賞者のことらしい。そういえば彼は別の候補者を推していた。

築地の料亭新喜楽で選考をしていたときに、川端君はたしか檀一雄君の『吉野の花』を推していたと聞いた。そして席上、川端君が佐藤春夫や瀧井孝作、横光利一を困らせたらしい。

今回から選考委員を改選したので、多少の混乱があるだろうと菊池は思っていたが、少々高を括《くく》っていたらしい。

川端の様子では、少し深刻なのかもしれない。かなりの攻防があった末に、石塚喜久三君の『纏足の頃』が受賞作に決まった。

直木三十五賞は〝該当作品なし〟と決まったので、芥川賞だけでもあったことに文藝春秋社の社員一同ほっと胸をなでおろしたところだった。

川端の迫力に押され昨日会うことにしたのだ。しかし、盆休みで気の利いた店は皆休んでいた。菊池寛は友人で詩人の宮内にどこかにあてがないかと聞き、無理をして店を開けてもらったのである。

宮内は、菊池家とは親戚のようなつきあいで愛称をブーチャンといった。詩人であり調理人でもあり菊池寛にとって非常に便利な存在であった。

銀座の裏通りにあるその割烹料理屋に菊池が着いたのは、五時ごろであった。なんとか無心して開いてもらった店であるから、我儘もいえない。五時から八時の約束を宮内に取り付けてもらっていたのだ。

のれんは掛けてあった。入り口には、塩が盛られ、打ち水がしてある。さほど大きくはないが小奇麗な店であった。

引き戸をくぐると、先に川端のギロリとした眼があった。遅れたわけではなかったが菊池は「すまない、すまない」といって床の間を背にして座った。

なにか互いに気まずかった。互いに本題を避けるように、今年に入ってドイツ軍がスターリングラードで降伏した話や、山本五十六連合艦隊司令長官が戦死をした話、ジャズレコードが禁止された話、石油が専売となった話と雑談に花を咲かせた。

菊池が、八月に入ってガスの消費規制が強められたこと、そして英米語が禁止されたため文藝春秋社の文藝誌『オール讀物』も九月号から『文藝讀物』と改めなければならなくなったことなどを訴えたとき、川端は待っていたとばかりに、先日決定した第十八回の芥川賞に関する思いを矢継ぎ早に話しだした。

その話は今回の候補作すべてにわたった。

小泉譲の『桑園地帯』から始まり、劉寒吉の『翁』、譲原昌子の『故郷の岸』、相原とく子の『椎の実』、辻勝三郎の『雁わたる』まで延々とした評論だった。そして、

「石塚喜久三君は悪くはない。しかし、菊池先生、石塚君が受賞するなら檀君の『吉野の花』だって引けを取らないわけですよ」

川端は口角に唾をためながら喋りまくった。

菊池は美味い料理を出されながらもその味を感じることができないでいた。

太宰治の「芥川賞事件」

菊池の頭は、八年も前に遡っていた。それは、芥川賞、直木賞が制定されて初めてのときであった。昭和十年八月のことである。石川達三が『蒼氓』で第一回の芥川賞を受賞したときであった。太宰治の〈芥川賞事件〉と呼ばれた小事件がおこるのは、この後である。

当時菊池は四十六歳、太宰治は菊池寛より二十一歳年下であったから二十五、六歳になっていた。太宰は芥川龍之介に師事の心を持ち、佐藤春夫からも可愛がられていた。

この八年前の昭和二年七月の二十四日、東京・滝野川町田端の自室で芥川龍之介は、劇薬のベロナールやヂェアールなどを大量に飲み、自殺をしてしまった。朝方六時ころ苦しみ出したという。

芥川は、肺結核を患っていて、神経衰弱に悩んでいたらしい。家庭の事情もあったらしいが。芥川は妻ふみ子に原稿用紙一枚半の遺書を残していた。

また三人の息子、比呂志、多加志、也寸志には「わが子等に」と題し遺書を書いていた。

その中には「人生死に至る戦ひなることを忘るべからず」とか「汝等は皆汝等の父の如く神経質なるを免れざるべし。殊にその事実に注意せよ」と書かれていた。少々恐ろしいのは「若しこの人生の戦ひに破れし時には汝等の父の如く自殺せよ。但し汝等の父の如く他に不幸を及ぼすを避けよ」と書かれている部分である。

左から菊池，芥川龍之介

愛する師は、もうこの世にはいない。是が非でも師の名前を冠した芥川賞がほしい。

太宰はそう思っていたにちがいない。そして、太宰の満を持した自信作『逆行』が第一回芥川龍之介賞の候補作品のひとつになったのである。

ところが、選考委員のひとり川端康成が、太宰の作品論ではなく素行をついたのだ。そのときの川端康成の文章はつぎの通りだった。

「作者（著者註　太宰治のこと）目下の生活に厭《いや》な雲ありて、才能の素直に発せざる憾《うら》みあった。」

この川端の批評のため落選したと太宰治は思ったのである。

太宰はその後文藝春秋社の雑誌をつかって「川端康成へ」と題した短文を発表して抗議した。そして、川端の選評に嚙みついたのだ。

あなたは文藝春秋九月号に私への悪口を書いて居られる。「前略。――なるほど、道化の華の方が作者の生活や文学観を一杯に盛つてゐるが、私見によれば、作者目下の生活に厭な雲ありて、才能の素直に発せざる憾みあつた。」

おたがひに下手な嘘はつかないことにしよう。私はあなたの文章を本屋の店頭で読み、たいへん不愉快であつた。これでみると、まるであなたひとり、芥川賞をきめたやうに思はれます。これは、あなたの文章ではない。きつと誰かに書かされた文章にちがひない。（略）

私は憤怒に燃えた。幾夜も寝苦しい思ひをした。

小鳥を飼ひ、舞踏を見るのがそんな立派な生活なのか。刺す。さうも思つた。大悪党だと思つた。そのうちに。ふとあなたの私に対するネルリのやうな、ひねこびた熱い強烈な愛情をずつと奥底に感じた。ちがふ。ちがふと首をふつたが、その、冷く装うてはゐるが、ドストエフスキイふうのはげしく錯乱したあなたの愛情が私のからだをかつかつとほてらせた。さうして、それはあなたにはなんにも気づかぬことだ。

このあと太宰はやや哀願するような口調になり、「さりげなさうに装つて、装ひ切れなかつた嘘が、残念でならないのだ」と抗議した。(『芥川賞小事典』文藝春秋　非売品)

文中にでてくる『道化の華』も太宰治の作品である。

そして、川端は「太宰治氏へ芥川賞に就いて」を書き、石川達三の『蒼氓』が五票もとったこと、太宰への票が一票だったことを書き応戦するとともに、作者自身が『逆行』より『道化の華』のほうが優れていると思っているならば、すまないことをしたと釈明短文を発表した。

こうした応酬があった後、太宰は、佐藤春夫に芥川賞を懇願しているゆえの手紙を送ったが、第二回の芥川賞に太宰治の作品は候補にものぼらなかった。

川端康成の話を聞きつつ、菊池寛は八年前におきたこの事件を思い出していた。

そして翌朝、早朝キャメルを吸いながら、昨夕の川端との話を考えていたのだった。

ドアを押し、ひと坪ほどのバルコニーに出た。

そこは外庭が見渡せるのだ。車寄せの屋根の瓦や緑青《ろくしょう》で染まった銅の雨どいが目の前にせまる。ここも後四、五時間もすると暑くて出られなくなるだろう。今はまだ薄暗い。

何本かのヒマラヤ杉もかたまりにしか見えない。背の高い刑務所の塀のようである。三、四本かたまって生える白樺だけがぼやっと見えた。風はなく、凪いでいて熱風につつまれていた。

菊池は二本のキャメルを立て続けに吸うと仕事部屋にもどった。

仕事机には、なにも書かれていない原稿用紙が積まれている。菊池寛専用の原稿用紙で、六友書屋箋と刷られてあった。三枚の原稿用紙をぬくと、愛用のオノトの万年筆のキャップをまわした。

川端康成に手紙を書くためである。また、太宰におきた事件と同じ結果にならないとは限らない。そのためにも川端の気持ちを抑えてもらわなければなるまい。

菊池は考えがまとまらないままに川端への手紙を書き出した。二枚半の手紙を書き終え、封筒に宛て名書きをするころには、東の空は、しらじらと明け始めてきていた。

みんみんと鳴く蟬や油蟬の声がする、法師蟬の声も混じっているようでもあった。近くの護国寺から迷い込み軒下に住みついた鳩の声も聞こえてきた。夜明けであった。

菊池は、南側、西側にある五枚のスライド窓を少しずつ開けていった。あまり大きく窓を開けると蚊が入ってくる。

それでなくても、川端と別れて帰ったとき両足の脹脛《ふくらはぎ》にいくつもの蚊に刺された痕があった。昨夜寝る前に大騒ぎをしてキンカンを探したのだ。窓は、蔦の葉で覆われている。

川端への手紙を一度ざっと読み、折りたたんで封筒に入れ、インク瓶のわきにおいた。そして、大日本映画製作、大映のために書きおろしている脚本の原稿に手をのばした。そこには、『菊池千本槍』と題名が書かれていた。

獄中の永田雅一

この前年の十二月二日、永田雅一は巣鴨の刑務所で目が覚めた。

細くて小さな身体に口髭をたくわえていた。お仕着せの囚人の着る服は、永田には大きすぎる。

牢屋の中は、実に寒かった。寒くて寝てはいられなかった。このまま冬を越すなど、永田には信じられなかったし、自信もなかった。

永田は金縁のロイドメガネをかけた。日本橋の三越で先日買ったばかりの眼鏡だった。かなり値がはったものだが、あのとき買っておいてよかったと今は思う。

監獄の格子の窓のなかで永田の自負を保たせたのは、この高価な眼鏡だったかもしれない。

警視庁の取り調べ室で警官にそうとう殴られたが、眼鏡は、はずすように気をつかっていた。なぜ自分が逮捕されなければならないのか。多く考える時間のある刑務所の中で、永田の頭にはこの疑問が繰り返されていた。

大日本映画製作の本社に於《お》いて計画会議をしていた席上に警察官が踏みこんで拘引されたのが十月十日だった。警視庁に四十五日拘留されて、巣鴨に移されて今日で八日目になる。

警視庁では、そうとうこづきまわされたが、自分には逮捕される覚えがなかった。そして、ついに巣鴨だ。罠だ。永田は、自分を貶《おと》しめ、罠にかけた人間たちを頭の中で探していた。

映画会社、映画製作会社の代表機関、社団法人日本映画協会の三人の常務理事が国家の情報局から突然呼び出されたのが、その前の年の昭和十六年の八月だった。

たしかそのときの三人は、松竹の城戸四郎さんと東宝の植村泰二さん、やはり、東宝の大橋武雄さんだったと思う。

そのころちょうど国内は臨戦体制が樹立されたときだった。情報局は日本映画協会に対して「臨戦体制下、物動計書によって軍需に必要な物資は民需に廻さぬ方針がとられている。映画用生フィルムの原料は軍需品であるが故に現状の儘《まま》では民需に応じ得なくなった。映画界も臨戦体制に切り替え、機構の整備再編成を必要とする。然らざれば映画の製作は即時停止するのやむなきに至るであろう。貴下等は直ちに業界に連絡し今後の方針対策を樹立されたい」といいわたしてきたのだ。情報局の裏には、陸海軍、文部省、内務省が動いていた。

当時の映画界は、文化映画の映画会社が二百数十社を数え、ニュース映画は各新聞社のニュース班が合併されて日本映画社が設立されようとしたころであった。

劇映画製作会社は、松竹、東宝、日活、新興キネマ、大都の五社があり、別にプロダクションとして東京発聲、南旺映画、宝塚映画、興亜映画、大宝映画の五社、合わせて十社であった。城戸、植村、大橋の三人は容易ならざる事態に緊急幹部会を招集し、まず劇映画製作会社の代表者が当局と折衝することになった。各社二名ずつの代表が選出されたが、新興キネマの代表のひとりに永田雅一がいたのである。

政府からの案「映画新体制案」は劇映画を二社にしたいということであった。

当時永田雅一は、新興キネマの代表者として京都撮影所長をしていて京都に住んでいた。諸先輩たちをさしおいてとは思ったが、皆の意見では陸海軍の連絡の少ない立場のほうがいいだろうということで永田雅一は代表になることになった。まあ、京都に住んでいたのが運のつきだったのかもしれない。

永田雅一は、日本の映画を救うべく決意をしたのだ。

そして、日本映画協会案として、東宝、大宝、南旺、東発、宝塚の五社を合併させて東宝を、松竹、興亜と組んだ松竹を、日活、新興キネマ、大都三社が組んだ大日本映画製作株式会社の三社を創りあげた。

大日本映画製作株式会社とは、大映のことである。

そして、攻防の末、永田は、政府に三社案を呑みこませたのだ。しかし、口でいうほど簡単ではなかった。日活は当時の金で三百十一万円の債務があり、この債務が完全に償還されなければ任意に他の会社とは合併することは出来ないのだ。同じような問題は各社にあった。

永田は、昼も夜も走りまわった。そして、永田は日活の製作部門だけを買収する形をとったのだった。

そして資本金よりも巨額な負債九百万円をもったまま大映は船出をすることになった。

なぜに俺を罠にかけたのだ、それもこんな大切なときに……大映は作ったが、まだ社長も決めていない。高い鉄格子の窓の外はただ塀が続くばかりであった。

戯曲『菊池千本槍』

菊池寛は、自室の仕事机の前に座っていた。川端宛ての手紙を書いたばかりであった。大映で製作が決まっている『菊池千本槍』の戯曲の原稿が目の前にあった。

菊池の実家は高松にある。菊池寛は、明治二十一（一八八八）年に父武脩《たけなが》、母カツの八人兄弟の四男として高松で生まれた。菊池の一族は、もとは九州熊本にある菊池市の出である。

慶応四（一八六八）年、皇室に忠義を尽くした菊池一族を称えて、明治天皇から熊本藩に菊池氏を顕彰し祭祀を行うようにとご下命がくだった。

そしてその二年後、菊池一族の居城、菊池城の本丸跡の菊池市隈府に菊池神社が建てられたのだ。

この一帯は、桜やツツジの名所であった。菊池寛がいま住む雑司ヶ谷の敷地内には、大きな桜が二本と、多くのツツジが植えられていた。この家を設計した文部省営繕の桑田が、遠く熊本から東京まで桜やツツジの苗を取り寄せたものだった。

この神社は、菊池武時《たけとき》、武重《たけしげ》、武光《たけみつ》を主神としていた。菊池一族は肥後の国菊池郡の豪族で、元弘三（一三三三）年、建武中興ののち背いた足利尊氏と戦った。大いに尊氏を苦戦させたという。

そして菊池武時軍約千名が、足利尊氏の弟、足利直義軍三千余名と対峙したとき作りだした秘密兵器が「千本槍」であった。

菊池寛の原稿は、もう何十枚か書かれていた。昨日書いた最後の原稿が一番上にある。そこには次のように書かれていた。


「大叔父上、これは」

「槍じゃよ。全部が槍じゃ」

「槍……。こんなに沢山」武重は目を見張った。

この時代、槍は非常に新しい武器であった。日本人が槍を初めて見たのは、わずか五十数年前の元寇《げんこう》の時である。その時モンゴル軍は、密集した歩兵隊の槍ぶすまを作る戦法で、一騎打ちしか知らない日本の騎馬武者を大いに苦しめたものである。

昨日は、ここまで書いておいた。インクが青々としている。続きを今日でも書いてみようか。映画になるのも来年の予定であった。

菊池寛は、椅子に深く座り直した。椅子のクッション部分は緑のビロードでできていた。この春、張り直したばかりである。

椅子の背は木製で丸く半円形をしている。座り心地はすこぶるいい。背もあまり高くなく、背から肘かけにかけてのラインが自分の背中によくあっている。

菊池はこの椅子に座ると妙に落ち着いた。見た目は、あの裁判所で被告が立たされる台に似ているのだが。

オノトの万年筆をもって原稿用紙にむかった。

この時の苦しい経験から、日本でも槍の有効性が注目されつつあったが、それ程普及した武器たり得なかった。なぜなら、日本における戦の主体はあくまで騎馬武者であって、しかも槍は、太刀と比較すると馬上で使いにくい武器と考えられていたからである。例えば、弓を射るためには両手を使わなければならないが、その場合、長い槍は太刀のように手軽に収納できないので、不便な武器と言えるわけである。それで、菊池武重も槍の有効性をあまり信じていなかった。

「大叔父上、こんなに沢山の槍をどうなさったので」

「どうなさった、とは面はゆい。おいが延寿に特注して作らせたのよ。名付けて、菊池千本槍。どうじゃ、格好いいだろが」

ここまで書いた菊池は、読み返し、「されつつあったが、それ程」の間に「まだ」を書きたし、「まだそれ程」とした。

階下からは雨戸を開ける音が聞こえだしていた。家族どもが起き出したらしい。万年筆のキャップを閉めながら、そうとう突きだしている腹を撫でた。

腹がへった。朝めしだ、朝めし。

心の中でそう叫ぶと、愛用の椅子を後ろに引いた。

無罪放免

永田雅一は、刑務所の不味い朝メシを食った。刑務所内は慣れてはきたが、メシの不味さには慣れることができないでいる。

若いときの過ちで京都のやくざ者の組織に入ったときもあったが、こんなに長く刑務所に入れられたことは一度もなかった。

看守がドアを開ける音が聞こえた。自分の独房のドアであった。

「弁護士殿の面会だ。すぐ仕度をするように」

白髪の混じった頭を角刈りにした看守は永田にむかってそういった。

永田は昨夜書いたメモを胸のポケットにしまい、両手をそろえて前に出した。

看守はその手に手錠をかけた。金属の無機質な冷たさを両手に感じた。手錠には、一メートルに満たない太い縄がついている。その端を看守が摑むとグイと引いた。

こんなとき永田雅一はいつも思う。分厚いドアに鉄格子、高い塀に、いつも看守の眼が光っている。どうしたって逃げることのできない刑務所の中で、なぜ手錠をかけなければならないのだろう。形式的なのだろうか、または囚人のプライドをとことん打ち崩したいのだろうか。

長い廊下をずいぶん歩かされた。今日は、いつも弁護士と接見する部屋とは違うようだ。接見室の前に、別の看守が立っていた。

中にはいり手錠がはずされる。手首に近いところに骨の膨らみがあるが、手錠がそこにあたって皮膚が赤くなっていた。

「永田さん、もう二日待ってください。裁判長とも話しましたが、いま手続きをしています。永田雅一は、無罪放免ですよ」

日本映画協会の顧問弁護士をしているその男は、満面の笑みを浮かべている。

永田はここから出られることは嬉しかったが、一概に喜んではいられなかった。罠だ。釈放はあたりまえのことで、ここに入れられるほうが不思議なのだ。

永田は、胸のポケットから昨夜書いたメモを弁護士に渡した。

それは、この数日、永田が考え抜いたことの下準備をするために部下の長瀬に宛てた手紙であった。メモには、短い文章が書かれていた。

長瀬君
文藝春秋社の社長にして、あの文壇の大御所と称される菊池寛先生を社長に迎えたい。僕は日活の製作部にいたころから菊池先生を知っているが、とても素晴らしい人物なので、是非にでも口説きたい。川口松太郎君に連絡をいれて永田の気持ちを伝えておいて欲しい。
永田雅一

弁護士は大事そうにそのメモを革の鞄《かばん》にしまった。そして、「もう二日だけ」といい永田の手を両手で挟むようにしながら振った。

永田もそれに応じ小さく「ありがとう」と答えた。

合計五十五日あまりの拘留期間の末、永田雅一は十二月の四日、東京の池袋駅近くにあった巣鴨刑務所から釈放された。

永田の先輩、友人、同僚、大映の社員たちは、彼を温かく迎え、永田は、その溢れるばかりの温情に胸の中を熱くしていた。

歓迎会の席上、永田雅一は、十二月いっぱい箱根で静養してくることを皆に伝えた。

わずか五十五日あまりの拘留生活とはいえ、当時の警察での拷問のような尋問のために永田の心身は共に疲労しきっていた。また、自分を貶《おと》しめた罠を探らなければならなかった。それによっては、社内の改善をはからなければならない。計画には充分の時間が必要だった。収監されていた間、永田は新聞を読むことさえもできなかった。部下の長瀬は十月十日以来の新聞を整理して永田の机の脇に積んでおいてくれた。

永田は貪るように各紙を読んだ。日本軍が南太平洋沖で海戦をしたこと、ガダルカナル島より撤退したことなどが大きな記事として書かれていた。

永田の目にとまったのは十一月の新聞の小さな囲み記事だった。「関門海底トンネル開通」のニュースである。

情報局と内務省の確執

箱根に向かう途中、永田雅一を乗せた車は、春日通りの伝通院前から通りを南に入った。そこは雄大な坂道で、下っていくと白鳥橋を渡って大曲に出る。

その坂を安藤坂といった。

伝通院には、徳川家康の生母、於大《おだい》の方や千姫など徳川の夫人たちが葬られている。

この辺りに永井荷風の生育の地があったと永田は川口から聞いたことがある。

坂道には三十九番をつけた市電が走る線路が敷かれてあった。永田雅一がここにきたのも親友の作家川口松太郎に会うためであった。

昭和八年か九年ころ永田がまだ日活の製作部長をしていたとき、菊池寛の小説を映画化する企画が決まった。

川口はよく永田に「僕は、菊池寛の弟子みたいなものだよ」といっていたのを思い出し、菊池寛への面会を頼んだ。

そのときから、菊池先生から旅先の絵葉書が届くようになっていた。永田は、菊池先生と川口松太郎と三人でよく競馬にもいった。

もう一度、川口に菊池先生を口説いてもらおう。そう思って、川口松太郎の自宅まできたのだ。

川口に話すと「長瀬君から話は聞いているが、もう君から話しても菊池先生は君の話を聞いてくれるんじゃないかな」という。

たしかにそうかもしれないが、この話だけは、失敗が許されなかった。永田が「頼む」というと「その旨を先生に伝える手紙をだしておくよ」と川口が快諾してくれた。

箱根の宿に落ち着いた永田は、くる日もくる日も考えていた。そして、結論をだした。

当時国家の情報局と内務省とは互いに勢力の争いをしていた。

その理由の最大なものは、情報局が国家のスポークスマンの役割を演じていて、その関係上、内務省の所管事務の大半が情報局に移管されたことに拠《よ》るものであった。

そこに感情の摩擦がおきたのであろう。

情報局の総裁は谷正之、次長は奥村喜和男であった。

もし情報局に落ち度があれば、内務省が昔日の勢力を取り戻せる。奇怪な考えだが、役人の考えそうなことである。

そして、内務省は虎視眈々と情報局の決定的なミスを看視していたのだ。

国の希望は、映画会社を二社に絞ることであった。が、永田雅一の説得によって情報局は三社にすることに折れたのだ。

それだけならまだ許されたかもしれないが、九百万円の債務を抱えてスタートした大映の成績は他の二社に比べてあまりにもよかったのである。

大映が発足して、日もまだ浅い。それなのに半年もたたないうちに業界第一位になってしまったのだ。一位になったのだから傍《はた》からの羨望もあったにちがいない。永田についての異様なデマが業界をとびはじめた。

それは、まさしく永田雅一を失脚させようとした誰かの罠であった。そして、大映を乗っ取ろうとした一部の業者の策謀の表れでもあった。

デマは根も葉もないことばかりだった。

映画の新体制の実現に際して、政府の案は劇映画二社であったにもかかわらず、委員長とはいえ永田雅一によって三社になったのは裏で何か秘密めいたことがあったにちがいない、という流布がとびかったのだ。

もっと酷《ひど》い流言飛語は、おそらく当時の情報局の責任者、情報局第五部の部長、川面隆三や第二課長不破祐俊のふたりに対して、永田が第三会社大映を作りたいがために賄賂、いわゆる袖の下を贈ったのではないかというものだった。

そうにちがいないと永田は確信していた。

情報局の失策を虎視眈々と内務省は狙っていたのだ。そして、この風聞が現実ならば、情報局に移管された事務はすべて内務省に戻ると思っていたのだろう。そして、内務省の下部組織だった警視庁を動かし、なんら証拠もないのに、永田雅一を拘束したのだ。

国家の省どうしの駆け引きの罠に、まんまと永田ははまってしまっていたのであった。

この軍国主義のなか、よく助かったものだと永田は安堵のため息を漏らした。

検察当局に賄賂被疑者として根拠なしとされ、不起訴となったのである。そして、こうして箱根の温泉に浸《つ》かることができたのだ。

しかし、ここでよく考えなければならなかった。また、いつこのようなことに巻きこまれることになるやもしれない。いまが、大映にとって生死をかけた大切なときだった。

わが意中にある社長は文豪の菊池寛先生あるのみ、永田の心の中に深く刻み込まれた名前であった。


宿屋の庭は、昨夜から降り続いた雪が覆いかぶさっている。今日は晴れたせいか、朝から木々に積もった雪が大きな音をたてて落ちていた。

遠くに大涌谷からたつ硫黄色の煙が見える。ひと風呂湯に浸かって東京に帰ろう。こんなところでのんびりと過ごしている場合じゃあるまい。

生来なんでもすぐにしなければ気がすまない永田は、世話をやいてくれている長瀬をよんだ。

昭和十八年の元日であった。

家の中は閑散

菊池寛は、寝巻から着替え、総絞りの兵児帯を締めた。

腹が弱いせいもあったし、菊池家の男どもの特徴で上腹が出ている。下腹とはいうが、自分では上腹とよんでいた。

鳩尾《みずおち》のあたりからぽっこりと腹が出ている。帯が締めにくい体形なのだ。なので、ゆるく締めることになる。

皆が菊池寛のしっぽというが、わけがちゃんとあるのだ。妻の包子も厭なくらい注意をしてくるが、ひと様に迷惑をかけるわけではないだろう。いちいちうるさい。

夏の日射しが部屋の中にも入りこんできていた。

階下に降りていくと、美味そうな香りが漂ってきた。沢山のおかかと煮干しで出し汁をとっているようだ。

朝めしはうどんのようだな。菊池は、思った。自分も妻も香川育ちである。讃岐の育ちは、うどん好きなのだ。讃岐の人間は、朝からうどんを食べる。日に三食うどんのときもあるくらいだ。そういえば、高松の薄口の醬油が手に入らなくて困ると包子が嘆いていた。

戦時下にあるのだもの。仕方ないじゃないか。しかし、いつまで経っても、関東の醬油だけは、濃くて美味いとは思えなかった。

昨年二月、味噌も醬油も配給品になっていた。誰が持ってきてくれたのか、菊池の家には砂糖も味噌、醬油も欠かすことはなかった。

高松から船で一時間も乗ると小豆島《しょうどしま》という島がある。その島の名産として丸金醬油が有名だった。これがなかなか美味いのである。そうめんもこの地の名産だった。

何度か出かけて行ったが、その島から見る瀬戸内は絶景である。遠くに岡山側の黒い影が見える。特に瀬戸に沈む夕日は幻想さえも漂わせていた。以前この島に久米正雄と行ったとき、夕方四時ごろの瀬戸内海に落ちる夕日は格別であったことをいつも思い出す。

自分が生まれたころ、小豆島を含めて三つの島にオリーブ畑を作ったと聞いたことがある。もう五十年以上も前のことだ。

オリーブはスペインだかイタリアだかから苗木を持ってきたらしいが、他の島ではうまく育たなかったと聞く。小豆島だけが、成功したらしい。

しかし、歴史的には自分の育った高松市と小豆島は、長く仲が悪かった。

菊池は茶の間に入った。

女中の多恵が丸く大きな卓袱台《ちゃぶだい》を拭きながら、コップはいつもの茶簞笥《ちゃだんす》の上にあることを主人に告げてきた。

コップには昨夜はずした菊池の総入れ歯が水に浸かっている。

台所から包子の声が聞こえてきた。

「熱いですよ、危ないですよ。多恵さん障子を開けてちょうだい」

多恵があわてて障子を開けると、湯気の立つ鍋を持った包子が部屋に入ってきた。

「ほらほら熱いから気をつけて食べてくださいよ」

鍋の取っ手を割烹着の袖を伸ばすように使って摑んでいる。

「ほほう、ひもかわか」

そこには、平べったいうどんに鳥肉と長ネギが煮込んであった。

「お父さんは、東京のうどんは嫌いでしょ、よく東京のうどんはぺたぺたするっていっているじゃないですか。だからひもかわにしたんですよ」

と包子は口を尖らせた。

朝食をとり、大広間に入った。いつもならサンテラスのパイプの椅子に座るところだが、今日は暑そうなのでやめた。

お盆だからかもしれないが、今日は来客の予定がなかった。

六人もいる女中たちも里帰りをさせていた。多恵と祥子だけは、お里に帰ってもしょうがないですもの、といい東京にのこっている。

運転手の延方良隆君も故郷の愛媛に帰ったようだ。

毎年この時期には、自分も新潟に行くことが多かった。

そういえば、お盆のときに家にいたことがあまりなかった。競馬とか講演だと嘘をついて新潟で過ごしていた。新潟には、世話をしている女がいた。

家族は知らないはずだが、先《せん》だって次女のナナ子とふたりのとき、ナナ子が新潟には美人さんが多いんでしょ、といっていた。お茶を濁しておいたが、薄々感づいているのだろうか。

このお盆も新潟に行く予定にしていたのだが、新潟の女から社に電報が届いた。

「ハハキュウビョウ　ジッカヘカエリマス　ゴメンナサイ」

と断られてしまった。

包子も子どもたちも、毎年、この時期は別荘として借りていた千葉の千倉の家で暮らしていたが、お父さんがいるならと、今年は千倉行きを断念したらしい。でも、七月いっぱいは、千倉を使っていたし、八月の後半は、千倉に行くといっていた。

瑠美子の娘貴美は、もう真っ黒に日焼けをしていた。

菊池寛を映画界に誘った男たち

大広間のドアが開いて女中の祥子が紅茶を運んできた。包子の姉の奥村中《なか》からの小包みに入っていたといって、讃岐塗の皿に瓦せんべいが二枚添えてある。

讃岐の瓦せんべいは、硬いがなかなか美味い。歯のなくなった最近ではあまり手を出さなくなったが、好物だった。ものを考えるときなど、これを噛みながらだと良いアイデアがわくような気がする。

讃岐のもうひとつの好物は〝天ぷら〟だった。東京でいう天ぷらとは違い薩摩揚げのようなものである。菊池寛は、〝うえ松〟で作る天ぷらが食べたくなった。これだけは、無理だった。日持ちがしないのだ。

紅茶に沢山の砂糖を入れて飲んだ。渋いが美味い。

今年一月の後半だったか二月に入っていたかは忘れてしまったが、知り合いの大谷竹次郎さんと眞鍋八千代君から手紙をもらった。

川口松太郎君などは、一月の初めのころ手紙を送ってきた。そしてわざわざ雑司ヶ谷までやってきたのだ。彼の家から、まあ近いといえば近い。雑談しにきたといっていたが、終始、永田雅一の話ばかりして帰った。

川口松太郎は、久保田万太郎に師事し、文筆の世界に入ったと誰かに聞いたことがある。その前は、たしか警察署の給仕やら郵便局員をしていたそうだ。

電信技士になったこともあると、彼から聞いた覚えがあった。けっこう苦労人なのである。川口は小説を書く一方で、小山内薫の門下生になり戯曲にも手を染めた。

震災の後に、菊池の親友直木三十五とともに大阪のプラトン社が発行する雑誌『苦楽』を編集していたともいっていた。多才な男であった。

そうだ、川口君を紹介してくれたのは直木だった。

菊池寛は、また紅茶に口をつけた。紅茶の葉が唇についている。

十年前になるかな、川口君の『鶴八鶴次郎』を読んでその才能に驚かされた。『風流深川唄』にしても『明治一代女』にしても傑作だった。

たしかに第一回の直木三十五賞にふさわしい男だった。映画にもなったあの『愛染かつら』もすばらしい作品だった。

菊池寛は、一本の煙草をぬいて火をつけ、瓦せんべいを割った。

眞鍋八千代の手紙は、まず近況から始まっていた。現在大日本映画製作株式会社の監査役についているということが書いてあった。

なにか国の策謀で映画会社が統合合併され、大日本映画製作株式会社という映画会社が生まれたらしい。手紙には、社長が決まらずにいて代表をしている専務の永田雅一がぜひ菊池先生に社長を務めてほしいということだった。そして、口説きに行きたいので時間を作ってくれという所望の手紙であった。また、松竹の大谷竹次郎さんからも手紙をもらった。ふたりの手紙の内容は似かよっていた。


あの永田雅一君か。なぜ自分でいってこないんだ。菊池寛は、そう思っていた。

返事を書くと大谷竹次郎さんと眞鍋君は、長瀬という若い男をつれてすぐに現れた。快諾をしておいた。

あたりまえじゃないか。映画を作るということは、若い小説家の仕事の場所が増やせるわけだし、文藝春秋社もこのところ軌道にのっている。紙の統制問題は深刻だが、なにも断る理由などない。

これからは、映画の時代になるかもしれないのだ。なぜ永田は、自分でいってこないのだろうか。

それにしても、三人の口ぶりからして僕の返事は意外だったらしい。

永田雅一が、僕を口説いてほしいといったとき、その場にいた者たち全員が、ついに永田は刑務所で頭がおかしくなったかと思ったらしい。

おそらく僕は承諾しないのではないかと考えていたという。また、それだけ思うのに足りる定評を菊池寛はもらっていたのであるが。

菊池寛は、永田に会って映画の話をしてみたくなった。ときどき川口松太郎や吉川英治と一緒のときなどに、永田と競馬場で会ったりする。しかし、馬の話ばかりになってしまっていた。

皆の反対を押し切っても〝われ選んだ道を歩もうとする男〟どうしても永田雅一と映画の話をしたくなり、快諾をしてしまったといったほうが当たっているかもしれない。

菊池寛はもう一口紅茶をすすった。

初めて永田と映画の話をして以来何か月もの間、あの快諾をしたことの是非を考えていたのだ。

悩んでいたのではない。菊池は一度決めたことを悔やむという性格を持ち合わせてはいなかった。

大映にとって永田雅一にとってこれで良かったのだろうか。

大広間にも、サンテラスを通って夏の日射しが差し込みだしていた。

大映創立

永田雅一は正月三が日を焦るように過ごしていた。

一月四日の朝、いつもより一時間ほど早く起きた永田は、東京市京橋区八丁堀二丁目三番地にある大映本社ビルにむかった。このビルの三階の部屋で昨年一月十日に、創立総会を開き大映は設立された。

永田はそのときの感動を忘れることができないでいた。今でも身体が震える思いがする。あれからちょうど一年が経っていた。

本社ビルは鉄筋コンクリートの四階建で、正方形のおしゃれなビルである。元は、新興キネマが本社として使っていたビルであった。ドーム形の窓が縦に並んでいる。中央に玄関があり、長い煙突もあった。

ビル正面の高い位置に右から「大映」とロゴがあり、あの大映のマークも輝いていた。ビルの右下には縦の看板もついている。そこには、大日本映画製作株式会社と書かれていた。ビル正面玄関の両側には、奇妙な箱が後からつけられたようだった。

京橋区八丁堀二丁目三番地は、八丁堀のロータリー近くにあった。亀島橋がすぐそばである。大映のビルは、市場通りに面していた。八丁堀のロータリーは、築地から本願寺前を通り、入船橋を渡り人形町に至る市場通りと、八重洲から永代橋で隅田川を渡り、深川や門前仲町に行く通りの交差しているところにあった。

　ビルの裏側には、隅田川に続く運河があった。八丁堀といわれるだけあって川幅はある。永田も震災以前は、この近くに河岸《かし》があったと聞いたことがあった。

　いまでは河岸は築地に移っている。本当か嘘か、江戸時代はすべての食糧がこの一帯に船で集められたと聞いた。誰かが、酒だけはねぇ、といったことを思い出した。

　伏見など関西から船で運ばれてきた品物の中で酒だけは、重くて船が運河に入れなかったそうだ。

　酒は鉄砲洲でおろされた。なるほど、だからあの辺は、入船や湊という町名がついたのだな。以前はその辺りは海岸で船溜まりもあったらしい。

　永田はその話を聞いて合点をしたことを思い出した。

創立当時の大映本社ビル（昭和17年）

　永田の専務室から見える堀がきらりと光った。永田は、窓辺に近寄って八丁堀の運河を眺めやった。ちょうど江戸時代の猪牙舟《ちょきぶね》に似た二艙の舟がすれ違うところだった。

　この年、永田雅一は三十七歳になっていた。明治三十九年京都の友禅染料問屋に生まれたが、父親永田芳太郎の商売が傾き、一時は京都の千本組というヤクザ組織に身を置いた。

後に東京経済大学となった大倉高等商業学校に入学したものの中退をして、現在の日活、日本活動写真京都撮影所に入所した。が、昭和九年、自前の映画製作スタジオ第一映画社を創って独立したのだ。

しかし、事業に失敗して二年後解散に追い込まれた。そして、松竹の大谷竹次郎という業界の大物の知遇を得て新興キネマの京都撮影所に入ったのだった。

長かった。永田は二艙の舟を見ながら、そう想った。

松竹の創業者大谷竹次郎

永田は思った。

昭和十六年十二月、日本は太平洋戦争に突入した。

そして、その戦争への突入が大映を創り、いまの自分を作った。なんとかして大映を一人前にしなくてはならない。

いまが正念場だ。そのためには、菊池寛先生に頼るしかない。

永田の頭は駆け巡っていた。正月には川口松太郎に菊池先生を口説いてくれるよう頼んである。しかし、それだけで成功するだろうか。

菊池先生といえば監査役の眞鍋八千代がいる。しかし、皆が菊池先生に社長になってもらうのは難しいだろうといっている。菊池寛先生の知り合いの眞鍋までもが。

永田は長瀬を呼んだ。そうだ、松竹の大谷竹次郎氏がいる。大谷と眞鍋の両面から攻めてみよう。川口もかならずや、先生を口説いてくれていると思う。たった一度のチャンスだ。成功しなければ大映は潰される。

当時のことを松竹の社長になっていた大谷竹次郎は『世界に名を出すのは大映が一番早い』（『大映十年史』昭和二十六年刊）の中で、振り返って次のように書いている。

大映が出来た時、私は社長にと思い、心に画いていた人物があったが、暫く保留した。すると永田氏から菊池寛氏を迎えたいという話だった。

私は菊池寛氏はなるまいと思った。ところが永田氏は社長が會えば承知すると言うのである。私が會ってみると、なるほど菊池氏は私の話を受けて下さった。

文壇人で業界の幹部に入ったのは菊池氏がはじめてゞあるが、大御所の菊池氏を迎えたことは永田氏にも幸いだった。それが今日の隆盛を見たわけで、産婆役を勤めた私もうれしいのである。

その時私は永田氏に自ら社長になるようにすゝめたところ、自分はその器でないと言って辞退されたが、永田氏にはそういう気持があり、一方に映画を愛し心を打ち込んだ人だから、今日の大を為《な》したのである。十年前と今日の大映は全く変わっている。今では松竹の好敵手として争っているが、一昔前の子どもがよくもこれほど大きくなったものだと思う。

私は今度アメリカへ行ってみてもその感を深くしたが、この仕事はワンマンでないとうまく行かない。つまり中心人物が決まっていないと何事も遅れる。永田社長のワンマンは、まことにけっこうだと思うのである。


菊池寛の大谷竹次郎に対する印象は、次のようであった。

大谷竹次郎は、劇場の売店経営から松竹合名会社を立ち上げた男だった。たしか白井松次郎とは双子の兄弟でふたり力を合わせてすばらしい興行主になった男たちだった。

京都新京極に明治座を開設したり、東京新富町にあった新富座を買ったりしていた。

会ったときの印象はいまでもよく覚えている。最初は興行主と聞いていたので、大きく、粗野な、やくざ者のように想像していた。しかし、会ってみると頭がすばらしくきれることがわかった。細面で、女性に好感が持たれるだろう顔つき、にこやかにしているが、目はいつも笑っていなかった。

仕立てのいい背広が似合う男とは、彼のようなひとを表現するのであろう。口髭はどうだったろうか。たしか兄の松次郎にはあった。ふたりは、よく似ていたから弟は口髭をつけないといっていたっけ。

彼と出会ったのは、彼が歌舞伎座の社長になった年だったから大正三年ごろだったろうか。

僕の戯曲をぜひ舞台にのせたいと、ひとを介してきたのだ。そのときの戯曲はなんであったか菊池は思い出せないでいる。『藤十郎の恋』だったか『袈裟の良人』だったろうか、『父帰る』や『入れ札』ではなかったことだけは覚えていた。

それ以来、妻の包子や娘たちをよく歌舞伎座に招待してくれていた。

長瀬はてきぱきと動いた。まず、川口松太郎に連絡を入れた。大谷にコンタクトをとり永田との会談をセットした。そして、監査役の眞鍋八千代をはじめとして、もうひとりの専務取締役河合龍齊、取締役の波多野敬三等の首脳陣を三階にある会議室に集めた。

今日は、本来正月のあいさつのときであった。社員の招集を一時間遅らせてのことだったので、首脳陣は、なにごとか、と思ったにちがいない。

その会議で、永田雅一は菊池寛に対する想いをめんめんと語った。

それは、首脳陣に対する説得でもあった。一同のうなずきは、肯定の印であったが、はたして菊池寛への説得が可能だろうか、永田のお手並みを拝見するという仕草でもあったかもしれない。

そこで、菊池寛を攻略する計画も永田の口から出た。また、眞鍋に対する指示もとんだ。松竹の大谷竹次郎を使う話、そして会うことに決まったことも告げられた。川口松太郎の話もした。

永田は、刑務所で考えたことが、やっと現実になるという手ごたえを感じていた。

初印象は〝ねずみ〟

菊池家の大広間は、ピンポン台ならば六、七台はおける広さがあった。その広間のソファに菊池は座っていたが、足は組んでいない。腹が出ていて、しかも足が短いので椅子に座って足を組むことができなかったのだ。胡坐《あぐら》さえかけなかった。だから、畳の部屋は嫌いだった。胡坐をかくと後ろにひっくりかえってしまう。その点、洋間はいい。椅子ならどうにか疲れないですむ。

菊池は、瞳を閉じて、ぬるくなった紅茶をすすった。松竹の大谷竹次郎さんと知人の眞鍋八千代君が、大映のふたりの専務河合と永田雅一を連れて内幸町の大阪ビル四階の文藝春秋社にあらわれたのは、たしか二月の半ばだった。手紙で大谷さんにも眞鍋君にも「承知した、社長はお受けする」と伝えたはずなのに、大挙して押し寄せてきたのがおもしろかった。

まあ、永田雅一という人物が映画でなにをしたいのかを知りたいから受けてみたのだから、会うのもよかろうと思ったのも確かだ。

菊池が、まじまじと見た永田雅一は、〝ねずみ〟だった。小柄で、痩せていて、顔が小さい。ちょび髭も生やしている。鼠だなと思った。

大谷や眞鍋と共にきた永田は、とめどもなく喋った。それにひきかえ隣に座っている河合という男はなにも喋らないでいる。

永田の映画に対する情熱は伝わってくる。

昭和十六年内務省や情報局から大日本映画が作られた歴史から、今後の展望まで、滝が落ちるようにしゃべっている。

展望になると大風呂敷を広げ出した。なかなかの大ボラ吹きなのだ。永田の声もだんだん大きくなってくる。それが菊池にとっておもしろいのだ。

こいつの頭は現実より夢だなと菊池は思う。

永田の話は世界中に飛ぶのだ。大げさなのだ。永田は〝ラッパ〟だ。鼠じゃない〝ラッパ〟なんだ。そのとき菊池はそう思った。

「永田君、僕は社長になることは先日承諾したんだよ」といったとき、奴はきょとんとしていたっけ。

菊池寛は、永田雅一に会って、ふたつだけ聞きたいことがあった。きょとんとしている永田に目をむけた菊池はその疑問を口にした。

「君、なぜ君が社長にならないんだね。そして、なぜ君が、僕を口説きにこなかったんだい」

永田は黙ってしまった。

そんな永田の顔を見ていて菊池の心の中には、永田が自分の実弟か息子のように思う感情が湧いてきていた。

その日以降、永田の動きは速かった。まるで二十日鼠のような動きでひと月たらずの間に大映の新体制を作りあげたのだ。

執筆時間がかかる時代小説

菊池は目を開いた。心の中で、これでよかったのかと、もう一度確かめてみた。

二階の仕事場には、書き残しの原稿がある。もうすこし書きたしておこう。

連載やいくつかの原稿は書かなければならないが、お盆だ。誰も原稿をとりにくる者はいない。他の原稿は明日以降でも間に合う。

お盆は休日みたいなものだから、夜は包子や娘たちを連れて、外にめしを食いに行こう。こんなときでも神楽坂にある馴染みの店なら入れるだろう。

だめなら江戸川橋近辺に行けば〝うなぎ〟でも食える。

そうだ、甥の庄司君夫妻にも美味いものを食わしてやろう。仕事場にむかう階段をあがりながら考えていた。

持病の胸がきしりと痛んだ。

狭心症の薬は二階に置いてある。階段の途中で、女中の多恵に水を持ってくるように頼み、妻包子に庄司淳《きよし》、正子夫妻に電話をかけておくようにいいつけ、自室に戻った。

菊池寛は、狭心症の薬を飲み、机にむかった。『菊池千本槍』の続きを書くためである。

菊池寛は小説を書くとき、時代小説なら四百字詰め原稿用紙一枚に一時間はかかった。『真珠夫人』のような現代の小説は、一時間、四、五枚書く自信はある。

時代小説は、資料を読まなければならないので時間がかかった。それに原稿を書くための集中力は四時間くらいしかもたなかった。

ふだんは、朝、編集者が来る前に書き終えるようにしている。こんな辺鄙《へんぴ》なところに通ってきてくれるんだもの、と最低一枚は渡す準備をしていた。

いま書かなければならない新聞や雑誌の連載小説や短編小説などはあるが、このお盆中は、映画の脚本に専念することに決めていた。

他のものは、明日の朝から書けばいいだろう。菊池は、万年筆を持った。

「せ、千本槍……。千本もあるのですか」

「さあ、ちゃんと数えたことはないけど、それくらいあるかもしれんな」

「そんなに沢山の槍を、一体どうするのですっ」武重は思わず叫んだ。貴重な鉄を、こんなもののために無駄遣いするとは。

「どうするって、もちろん戦に使うのよ。これからは槍の時代じゃ。これは、亡き寂阿や覚勝とも話し合ったうえのこと。次郎どの、おいはな、蒙古と戦った父・武房《たけふさ》から、元寇の戦話を耳が痛くなるほど聞かされて育った。じゃから、蒙古譲りで槍の上手な使い方は熟知しているつもりじゃ。おいを信じよ。この千本槍は、いつかきっと役に立つ」

ここまで書いたとき、仕事机にむかって風を送っていた扇風機がカタと鳴った。外は、ますます暑くなり、庭では蟬たちが大合唱をしている。

菊池寛の人脈

菊池寛に会った翌朝、永田雅一は自室の専務室でもの思いに耽《ふけ》っていた。上手くいった。いや、自分の勘があたったのだ。菊池先生は絶対に承諾をしてくださると思っていた。

これで文学の長《おさ》が大映の手に入った。

先生の後ろには、いまの流行作家たちが数えきれないほどいる。久米正雄や横光利一、川端康成だっている。芥川龍之介や直木三十五のご家族だって先生に一目も二目もおいている。

あの『宮本武蔵』を書いた吉川英治だって先生の大親友だ。

里見《さとみ》弴《とん》、石川達三、舟橋聖一、林芙美子、数えても切りがない。風変りな若手の作家太宰治だって先生のことを慕っているようだ。

以前どこでかは忘れたが、太宰の随筆を読んだ記憶が永田にはあった。たしか『富士には月見草が良く似合う』と題した随筆だったと思う。なにか女性っぽい題名なので覚えていた。

そこには、太宰治が菊池寛と連れ立って、富士山が見える所を散歩した話が書かれていた。そうだ、菊池寛が「疲れた」といって石に腰を掛け、やおら放屁《ほうひ》をされた。と書いていた。他愛のない話とそのときは思ったが、太宰の菊池先生を想う気持ちがひしひしと伝わってきていた。今ならばわかる。先生はそういう人なんだ。

永田は、秘書が置いて行った茶をすすった。そして、煙草に火をつけ大きく吸った。

「そうだ、文芸の路線があるぞ、これ一本でいく手があるな。これならば他社は追随ができないはずだ」

永田は、大きな灰皿に煙草の灰を落とした。

昨日だって、菊池先生がいっていたじゃないか。僕も映画の脚本を書かせてもらうよと。あの文豪のオリジナル作品をこの大映は映画化できるんだ。

一昨日までの悩みは消し飛んでいた。永田は、薔薇《ばら》の園にいる気分がしていた。

昨日、文藝春秋社の応接間で、大谷竹次郎さんたちと先生に会ったとき、先生から脚本の構想を聞かされた。

「いま考えたことだけどもね」

先生は前置きをしながら、自分は、以前から自分の一族、菊池一族の昔を書いてみたかったんだ、といわれた。

約一時間ものあいだその話は続いた。おもしろかった。とてもおもしろかった。

もし、あの後すぐに「大映でやりましょう！」といっていなかったら大谷さんが、「松竹で！」といったことだろう。話はこうだった。

菊池家のルーツは九州

「僕の先祖は、なかなか面白いんだ」

菊池先生は、大谷さんや、眞鍋、僕の顔を見ながら目をしばたたせてお話しを始められた。

「僕はね、僕の先祖は、狗古智卑狗《くこちひこ》の関係だと思っているんだね」

眞鍋が、それは誰ですか、と先生に聞いたんだ。先生は、まあ聞いてくれといって話を進められた。

「狗古智卑狗《くこちひこ》はね、眞鍋君、狗奴国《くなこく》の官だったのだよ。長官みたいなものだね。魏志倭人伝にも狗奴国は出てくるが、卑弥呼が統じた邪馬台国の南にあった国なんだ。いつもふたつの国は、戦をしていたわけだね。どうも両国は、縁者ではなかったかと僕は思っているんだ」

先生は、煙草を口に挟みながら、もごもごと話されていて永田には、聞きずらかった。

「邪馬台国は、どうも小さな豪族の集団だったと思うんだが、狗奴国は、ひとりの国王が治めていた。その国王は、卑弥弓呼《ひみここ》という王様なんだ。その王様に使えたのが、さっきいった狗古智卑狗だよ。そして、卑弥呼が中国の魏に使者を出して、隣国と仲の悪いことを訴えたんだね。大陸から援軍が来たときには、もう卑弥呼は、死んでいた。どうも台与《とよ》の時代になっていたと思うんだ。この話は、西暦でいえば二百年の中ごろから四百年代になるんだ」

菊池先生の話に吸いこまれて、誰も言葉を発する者がいなかった。

「となりの国同士きっと同族だったと思う。卑弥呼が死に、台与の時代になると戦がなくなったんだ。豊《とよ》の国の時代だね。狗奴国が、魏からの援軍を見て邪馬台国に服従したのか、政略結婚でもしたのか、僕には、わからないがね。さっきいった通り、その狗奴国の長官が〝くこちひこ〟なんだよ。ほら、〝きくち〟に音が似ているだろ。日本には、当時文字がなかったから、中国のひとが、聞き間違っても不思議はないんだよ。いまだって、英語や外国の言葉を片仮名にするのが難しいだろ。同じさ。九州には、鞠智《きくち》、久々智《くくち》と通じる地名があるんだよ。僕の菊池という地名もあるんだ」

菊池先生は、そこまでおっしゃって、やっと煙草に火をつけた。

「魏のひとは倭人、つまり和人にたいしてひどい名前をつけたんだね。邪馬台国だって、邪《じゃ》の馬、良くないとか正しくない馬の高台の国だろ、狗奴国なんか、けちょんけちょんさ、卑しい犬や狼の国とつけてやがるんだ。本当は、球磨国《くまこく》というんだ。きっと、これも魏が間違ったと思うよ。狗奴国《くなこく》すなわち球磨国《くまこく》は、古代から球磨神社を氏神にしていた。熊野神社だよ、眞鍋君」

聞いている二人の生唾を呑む音が、聞こえるようであった。

「九州は、朝鮮半島や大陸に一番近いだろ、渡来人や文化や武器が日本に上がるのが九州だよ。その力を使って、日本を統一していったと僕は、思うね。いま伊勢にある熊野神社だって、東を統一していったときの置き土産のようなものだよ。菊池一族はね、六代の菊池隆直のときまで日足紋《ひあしもん》という紋を使っていたんだね。日の光が出ている様を日の足に例えてかたどった文様なんだ。これは、日見子、日見弓子に通じた紋なんだよ」

先生の話は、古代の話から、鞠智城《きくち》の改修、菊池家伝来の千手観音像、そして、藤原隆家から藤原姓を賜った話と続いた。

「西暦千年代になると、藤原姓を捨てて、また菊池姓に戻ったんだ。これからだよ、菊池一族の話は」

菊池寛先生の郷里は、四国高松だが、その昔は、九州熊本の菊池市にあった。菊池川があるのは、永田も知っている。

菊池一族は、水軍。菊池先生にいわせれば海賊で、源平合戦のとき、平家についたという。

「弱い水軍だったんだよ。平家が京都を捨てて、壇ノ浦に逃げようとしたとき、平家を守るため九州から京に上ってきた僕の先祖はね、さっさと逃げ帰ったのさ。それも舟から降りずにだよ」

そのときの菊池先生の顔ときたら、やんちゃ坊主そのままの顔になっていた。

「僕の先祖にはね、江戸時代の後期にね、漢詩人がいたんだ。高松藩の殿様の先生だったんだよ。菊池五山といってね。唐詩を排して宋詩を模範とすることを説いたひとだったんだ」

先生の話はどんどんと飛んでいく。

「そうだ、清少納言も西郷隆盛も菊池の一族なんだよ」

大谷さんも眞鍋八千代も河合までもが身を乗り出して聞いていた。先生は、興奮するとますます目をしばたかせ、キンキン声になる。

先生は、煙草を吸い終わると、また新しい煙草に火をつける。たちまち灰皿がいっぱいになっていた。

煙草の灰がぽとぽとと落ちるのだが、意に介すこともしない。また、誰もそれに注意をしない。先生の着ていらっしゃる高価な着物に落ちても誰も知らぬふりをしている。

「その菊池一族は、一度九州全土を取ったことがあってね、それが中央に知れたものだからあっという間にけちらされてしまったんだよ」

先生の丸眼鏡を通した目が光ったように永田には見えた。

そのとき応接室のドアがあき、ふたりの男が入って来た。菊池先生は、ちょうどいいところに来た。といって私にふたりを紹介してくれた。

どうも大谷さんも眞鍋も、以前からふたりを知っているらしい。

細面で神経質そうな顔立ちをした年配の男の名刺には「文藝春秋社専務取締役　佐佐木茂索」と書いてあった。

また、若く艶やかで小太りの男から渡された名刺には「文藝春秋編集長　池島信平」とある。

一同が座ると、先生は続きを話し出した。

「そうだよ、あのときに菊池一族が九州を死守していれば、いまごろ僕は〝九州の王〟になっていたんだよ」

菊池先生は、若い池島君の顔を優しそうに見ていった。それは苦楽をともにした信頼にもとづいた笑顔に永田には見えた。永田は、自分が嫉妬しているのを感じた。

池島は、池島で、またその話ですか、というような顔で返している。

「ところで、永田君、河合君、菊池一族には〝菊池千本槍〟という逸話があってね、それを書こうと思っていたところなんだよ」

それから菊池の口から次々に『菊池千本槍』のプロットが生まれていった。

佐佐木も池島も菊池先生が大映の社長を承諾したことを知っているようだった。部屋にきたのは、自分を見定めるためではなかったのか。

大映社長室からの眺め

永田は、ふとわれに返った。

自室の窓から外を見ると白いものがふわふわと落ちている。そういえば朝からどんよりとした厚い雲が東京を覆《おお》っていた。雪だった。

晴れていれば、この窓から築地の勝鬨橋が見える。手前には、築地本願寺のドーム形をした建物がよく見えた。

本願寺は、今から十年近く前にこの築地に建てられた、京都西本願寺の別院である。古代インド様式として設計されたことは有名であった。

四階建のビルは、眺めがいい。

周りがしもた屋ばかりで低いせいだ。本当に眺めがきく。晴れた日など正面やや右手にくっきりと富士が見えた。

窓の左手には、永代橋が見えていた。新川から入船、湊と続く。門前仲町から月島にまだ橋がなかったころは、永代橋までが隅田川だった。

東京湾を江戸湾とか江戸前とよんでいたころは、あの一帯は海岸だったのだろうか。いまはどうみても川のように見える。

映画を作る上で時代考証は重要だと思う。若い脚本家たちなどは平気で勝鬨橋の先のあたりまで〝大川〟と書いてくる。間違いである。

江戸時代、いまの隅田川を大川とよんでいたが、大川は、浜町河岸あたりまでである。その先の永代橋より右のほうはもう江戸湾だったはずだ。

誰に聞いたか忘れたが、月島の隣に位置する佃島には、おもしろいエピソードがあった。江戸城を造った徳川家康は、江戸湾から盲腸のように入りこんだ入り江を埋め立てて、日比谷を造った。たしかいまある日比谷公園は、その入り江を埋め立てた上にあるはずだ。

その時代家康は、大阪から漁師の家族たちをよんで佃島に住まわせた。江戸湾の漁を活発にしたかったのだろう。

漁の方法を江戸の庶民に伝えるためだったのかもしれない。いまわれわれが口にしている佃煮は、家康が作ったといってもいいだろう。

永田は、急に佃の渡しに乗ってみたくなった。こんなに近くにいて、いまだに佃の渡し舟に永田は乗ったことがない。

築地本願寺の塔の脇に聖路加の病院の森が見える。このあたりは、江戸のころ宣教師を住まわせた町だった。

セント・ルカ。聖路加か、日本人は頭がいい。うまく名前をつけるものだ。今日《こんにち》ある東京の大学の発祥の地はなんらかの形で、この地にそのルーツをもっていた。

そうだ、菊池先生の大の親友、芥川龍之介先生の生誕の地もここだ。

また、まん前に見える銀座の木挽町は、菊池先生が文藝春秋倶楽部を作って、そこに、直木三十五先生が住まわれていたとも聞いている。

なんだ、そうだったんだ。菊池先生は大映の社長になるべくしてなったんだ。眺めのいいこの部屋を先生にお譲りしよう。自分は、隣の小さい部屋でいい。そうだ、ここを社長室にしよう。

左より菊池，吉岡，永田

大映の布陣

窓の外は、しんしんと音がするように雪が濃くなってきた。もう、勝鬨橋も築地本願寺のドームも雪に隠れてしまっている。

永田は机の前に座った。

藁半紙《わらばんし》の上にえんぴつで社長・菊池寛先生と書いた。

昭和十七年一月に大映を創立したときの役員のメンバーは、永田と河合が専務につき、波多野敬三、薦野直實、藤田平二、六車脩の四人を常務とし、鶴田孫兵衛、曾我正史、林弘高三人を取締役につけた。

監査役は、加賀二郎、眞鍋八千代、免太静太郎だった。

紙の前で、永田は唸った。まだ、二年も経っていない。落ち度があるわけでもない。いや、むしろ思いもよらない好成績をもたらしてくれている。

しかし、新しい体制が必要だった。波多野、藤田、鶴田、林には、退任してもらおう。監査役の加賀もだ。そして、先生の他に吉岡重三郎に入ってもらうことに決めた。

永田は、社長・菊池寛先生の下に専務と書き、永田と河合の名を書いてみた。取締役に吉岡の名前を書いた。業務局長には常務の薦野の名前を入れた。

業務次長がいるな、としばらく思案した永田は、鶴田と書いた。後は案外と楽だった。企画局長は常務の六車、制作局長は曾我にした。

後は現場だ。京都撮影所の所長として、現場をよく知りつくしていた永田は意中の人間の名前を書いた。

現代物語を作る東京撮影所長には、須田鐘太がいい。ならば時代物の製作はこの男に決まっている。永田は、京都撮影所長に藤井朝太を抜擢した。

「これでよし、決まりだ!」

これで三月一日、菊池寛先生の就任を待てばいい。二月の中旬の雪の日、永田の自室で大映の新体制、職制の改革は決められた。永田の気は逸《はや》っていた。

アメ車からドイツ車に

菊池寛が決めていた枚数を書き上げたころには、もう時計の針は、昼を指していた。

最近は、昔と違い肩が凝ってしまう。菊池は親指と人差し指を使って首筋を摑んでみた。なにかコチコチと音が聞こえそうである。

腰を椅子の背で押してみた。ちょうど椅子の背が腰の痛いところに当たって気持ちがいい。心臓を気づかいながら、ゆっくりと立ち上がった。

階段を下りると玄関のホールに出る。玄関のたたきの部分だけでも、京大の学生時代、京都に住んでいた下宿と同じ大きさだろう。

裸足のまま玄関の大理石に足を下ろした。ひやっとして冷たく気持ちがよかった。

そういえば、大きな犬を飼っていたとき、夏場になると犬たちがここに寝ていたっけ、犬たちは家の中で一番気持ちのいい場所を知っているのだ。

玄関の大きな二枚のドアを少し開いてみた。夏の盛りのモワッとした空気が入ってきた。菊池は一瞬立ちくらみを感じた。

車寄せには、小さな黒のオースチン・セブンが停まっている。運転手の延方君は、お盆で家族ともども四国の実家に帰っている。車を動かせる者は誰もいない。

それまで菊池は、パッカードやダッジ、オールズモビルなど、大きなアメリカ製の車を選んで乗ってきていた。

なにも自動車に興味があったわけではなかった。どちらかといえば、新し物好きな直木三十五の影響だったかもしれない。

オースチン・セブンの前は、ハドソンのテラプレーンという車だった。

この車は、大きい。8気筒のエンジンを搭載しているので、ガソリンもかなり食った。この車が発売されたとき、有名な女性飛行家、アメリア・イアハートに宣伝させたことで有名になったらしい。大きな車体だが、ラジエーターグリルに特徴があった。美しい車だった。

オースチンは、戦争に入る前に買った。運転手の延方君が探してきたのだ。三年前になる。トロッキーがメキシコで暗殺されたころだった。大政翼賛会が発足したころだったかもしれない。

ガソリンが手に入りづらくなり、大きな車から小さいのに替えようと思った。

「先生、最近はギャッソリンがなかなか手に入り難くて」

ガソリンがないために運転手の延方君がよく悩んでいた。彼は「ガソリン」といえばいいのに、かならず「ギャッソリン」という。それが菊池にはおもしろかった。

オースチンは、英国の車である。

息子の英樹に調べさせると〝セブン〟は、よく売れる大衆車で、米国製もあれば、ドイツ製もあるようだ。

英樹は東京帝国大学で土木を専攻している。文学から逃げたなと菊池寛は思っていた。それも英語を得意とした父に反して、ドイツ語を勉強しているというのだ。

「自動車は、ドイツ製が一番いいよ、ダイムラーやメルセデス・ベンツもフォルクス・ワーゲンも、みなドイツ製だし」

英樹が誉めるのならいいだろう。

延方君にドイツ製のオースチン・セブンを探すようにいったが、これがドイツ製かどうかは菊池にはわからなかった。ただ自動車の胴体の部分には〝Ｄｉｘｉ〟という文字が入っていた。オースチンがこの家に運ばれてきたとき、延方君はこの文字を見て、

「先生、これはまさしくドイツ製ですな。まちがいなくドイツ製だ」

といっていたが。

熱風に、慌てて菊池は玄関のドアを閉めた。菊池寛の足の裏は真っ黒になっていた。ながい廊下には窓がなく、熱い空気は入ってこない。茶の間には包子が作ったすいとんが用意されていた。

「淳《きよし》さんは留守でした。正子さんが電話にでられて、とても嬉しいのですが、帰りが遅くなりそうなので今日はご遠慮します、といっていましたよ」

包子がいいながらすいとんを取り分けている。

「じゃ、多恵さんも祥子も連れていってやろう」

菊池がいうと祥子はもじもじしている。

「こんな大きなお屋敷、誰もいなくなったら物騒でございますよ」

多恵がみなにお茶を分けながら遠慮しだした。

瑠美子は黙ってすいとんを口に運んでいる。そこへナナ子が入ってきた。

「すいとんかぁ」

といって卓袱台の前に音を立てて座った。

「いいじゃない、ふたりにお弁当買ってきてあげようよ」

バーナード・ショーの戯曲

午前中に原稿を書いてしまった。文藝春秋社も大映も出社している者は少ないだろうし、友人知人たちも故郷に帰っているだろう。

講演もなければ、新潟行きも断られてしまった。夕食は外食と決まったが、まだ何時間も間がある。手持ち無沙汰になってしまった。

菊池は長い廊下に据え付けた本棚を弄《まさぐ》った。十メートルはある本棚には、隙間もなく本が並んでいた。

一番下の段には、最近あまり読まなくなった本がずらりと並んでいる。

一高を追われ、京都帝大に入学して戯曲を勉強したころの本がそこで埃を被っていた。中から全集の一冊を抜いた。三十年くらい前、京都の古書店でやっとの思いで手に入れたバーナード・ショーの原書だった。これはよく読みこんだ。

その後小説を書くにあたってこの全集は菊池に多くのヒントを与えてくれた。プロット作りからテーマまで、たくさんのことを教えてくれた。

全集の何冊か目次を見てから中の一冊を持って、二階にあがった。

菊池寛宛てに毎日何冊もの本が届く。小説を書くために頼んだ資料本や、書評を頼まれる本。直木三十五賞の候補作から、知り合いの作家たちから贈られてくる本。

ほっておくとたちまち四畳半くらいの部屋ならいっぱいになってしまう。

あるときから菊池はその本を売ることに決めた。大切な本、二度と巡り合えないような本を除いて、売るようにしていた。それも家の裏側の通りに茣蓙《ござ》や板を敷き、本を積み重ねて売るのだ。即席の古書店であった。

最初のうちは、奇人変人扱いをされていたが、なかなか手に入りがたい貴重な本が二束三文の値段で売られていると聞きつけ、その日を心待ちにしている学者や知識人が現れだした。

発売前にお知らせを塀に貼る。当日は大盛況で、売り子も女中や家族総出となった。本人もときどき売り子になる。それがなかなか楽しいのだ。

机の上にバーナード・ショーの全集を置いて、菊池は永田のことを思い浮かべた。

永田雅一のレクチャー

三月一日八丁堀の大映で、新社長、新役員のお披露目会が催された。

専務の永田雅一は、全社員にむけてこの一年の労をねぎらったあと、これで今後の大映の行く道は決まった、ついてきてほしいと檄をとばした。

昨年、昭和十七年四月一日から業務を開始した大日本映画製作だったが、やはり混成の部隊だった。

新興キネマと大都は大映に委任経営されることになり、日活の製作部門は買収されて大映の一部門になった。

三社に勤めていた社員がすべて一堂に会したのだから、皆にとって勝手がちがうのが当たり前であった。互いに遠慮もあったにちがいない。

永田は、席上でこの一年よくここまでこれたものだ、といっていた。永田は新社長になった自分を紹介した。

菊池はそのスピーチの中で、映画のことは門外漢であったが、急ぎ永田雅一に教えを乞うて半年先には、一人前の映画会社の社長になると一同に約束をした。

あの後が大変だった。思ったより永田は細かかった。早朝から原稿を書き、編集者や自宅に訪ねてくる客と会い、文藝春秋社に出てから夕方前に八丁堀にいく毎日だったが、その時間に永田は待ち構えていた。

スピーチで「永田に教えを乞い」といったのがまずかった。ほんとうに教えだしたのだ。永田の話は、まず昭和十四年四月五日に映画法が発布されたところから始まった。

映画法は内務省、文部省、厚生省の三省の共同の立案であった。これは大正十四年の映画検閲制度に続く統制だった。

永田の話は続いた。昭和十六年一月からは、時事映画の全国指定上映と興行の時間制限、製作制限がおこなわれた。あの過去の自由がいっさい奪われてしまった時期であったともいった。そして生フィルムが軍需品に指定され、二社問題がおこったのだ。

永田は、二社を三社にしたこと。そのために投獄されたらしいこと。日活の負債が三百万円以上あったこと。資本金を凌ぐ、九百万円の負債をもってのスタートだったことなどを菊池に話した。

大映社長就任式

翌日もまた永田の授業は続いた。一週間くらい続いただろうか。

つぎの日は社の金銭問題の学習で一日がたった。経理課からぶ厚い資料を届けさせ、永田の講義が続く。永田は自分を「菊池先生」と呼ぶのだが、どちらが先生か、わかったものではない。

三日目くらいから永田の授業はおもしろくなってきた。製作やこれまで大映が作ってきた映画の話を始めたからであった。

「菊池先生、この春は、ぜひ京都にご一緒して花見でもしてきましょう。ついでに先生に京都の撮影所見物もしていただきたいですから」

永田は、鼠のような顔を菊池にむけた。

「そうそう、京都撮影所といえば、うちの社の最初の作品をお伝えしていませんでしたね」

永田は、眼鏡を拭きながら楽しそうに話している。

「初期の役員たちの努力によって、新会社の手続きなどが終わって、運転資金や社の引き継ぎがうまくできました。三社の職員に対する退職金や転職資金もうまく調達できたことは、昨日お話しました」

永田は少々得意げに眼鏡をかけたっけ。

そうだ、そのとき長瀬が茶を持ってきたんだ。

永田は、間違えるといけないからといって、傍に長瀬を座らせた。

「長い伝統をもっている松竹は、全国に強力な直営館を持っていましたしね。蒲田や大船の撮影所で作る現代映画は女性の観客の心をよく摑んでいました。東宝映画は、大都市の大きな劇場の獲得に努力したせいもあって、都会的な人気を集めています。じゃあ大映はどうするかと僕は考えましたよ」

永田は、ズボンのポケットからハンカチを出しひたいをぬぐって、ついでに唇を拭いたんだ。

「もとの日活が多摩川撮影所で作る現代劇映画は、他者にも勝る良心的で異色の作品を作ったおかげで高級な観客を獲得していました。新興キネマや大都は、誰にでもわかりやすい映画を作っていたから、大衆層の支持を受けてました。そして、大映となった三社とも時代劇については、絶対の自信をもてる製作陣なのですな」

ここまで一気に話した永田は、間違いないなという顔つきで長瀬を見た。

菊池は、キャメルを抜いて、火をつけた。

「そして、先生、三社が持っている俳優陣ときたらすごいものなんです。京都の第一撮影所には、片岡千恵蔵でしょ、阪東妻三郎もいますな。尾上菊太郎、澤村國太郎、女優も宮城千賀子がそうです。九十一名もいるんです。それに第二撮影所には、市川右太衛門、大友柳太朗がいて役者は総勢百十人なんです」

永田は「なっ」という顔を長瀬にむけた。長瀬は、指を折って数えていたが、

「専務、嵐寛壽郎先生をお忘れになっています」

と答えた。

「いけない、いけない。菊池先生、私もボケですな。肝心な人の名前をいっていません。アラカンを忘れていました」

こんな話がおもしろいんだ。菊池寛は煙草を挟んだ唇

大映社長就任式での永田と菊池

に笑みを浮かべ、永田雅一のおしゃべりを止めないようにしていた。永田の大映初期作品の話は次のような話だった。

四大スター競演の創立記念大作「維新の曲」

創立記念映画をどうするか、全員の頭を使って考えた。大映の強固な京都時代劇陣は大いなる武器になる。この武器を使わない手はない。観客にとって大きな魅力になる作品を作らねばならない。そして、日活、新興、大都の持っていたオールキャストを動員することになった。バンツマこと阪東妻三郎、片岡千恵蔵、市川右太衛門、そして、嵐寛壽郎の四大スターの起用であった。

脚本は八尋不二《やひろふじ》によって書かれた。そして、ベテラン牛原虚彦《うしはらきよひこ》が演出にあたった。記念すべき大映の初めての映画は「維新の曲」と題名がつけられた。

この映画を菊池は見た覚えがあった。雑司ヶ谷の家の近所に住む三角寛と会食をしたときに、彼から薦められた作品だった。たしか、幕末維新の京洛を舞台にしたスケールの大きな作品だったことを覚えている。

人気者の四人の大スターを使っての時代劇部総出演という作品だけに、業界を「あっ」といわせた。

時代劇を背負う四大スターが一堂に顔を合わせることなどは、当時の映画界では夢のまた夢であった。それを大映はやってのけたのだ。創立の祝いの作品といってもなかなかできることではなかった。きっと永田のワンマンぶりが発揮されたのだろうと菊池は思っている。

自分の前に座って夢中で話をしている男、永田雅一は〝ねずみ〟のようだ、仕事においてはけっこう頼もしい奴らしい、と菊池は思った。

「維新の曲」は昭和十七年五月十四日、全国で一斉に封切られた。タイトルバックの新しい大映のマークは、永田には輝いて見えたといった。

「わんさか、わんさかと観客がきましてね。先生にもお見せしたかったですな」

永田の笑みも止まらないようで「二作目をどうしようかと思いましたよ」と続けた。

大作を作らなければならない。最初の作品の興行成績がよかっただけに、永田の心にかかる圧力は並大抵のことではなかったという。

永田は、時代劇も新しい分野を開拓しなければならないと思ったと続けた。

そして、石坂洋二郎の原作『小さな独裁者』にヒントを得て、伊達政宗の若き日を描いた「独眼龍政宗」を発表した。

この作品は、文部省推薦の映画となり、評判を博した。この時期、戦争初期の観衆は、この作品がもつ男性的な壮快感に飢えていたのかもしれない。

このころから大映の作品作りにひとつの指針が見えてきた。

新しい「国民的時代劇の創立」それである。

石坂洋二郎文学の映画化の成功を得て、つぎつぎに大映は、新感覚的な時代劇映画の製作に熱心になっていったのだろうと菊池は思う。

続いて作った作品は、谷崎潤一郎の名作『盲目物語』の映画化である。

この題名は「お市の方」とつけられたが、新感覚な時代劇に対するひとつの意欲のあらわれであった。

永田は「先生、〝お市の方〟という作品は、ですねぇ」と内容まで話しだした。

菊池はこの講義は何日かかるのだろうと思うことがあった。くる日もくる日も永田の映画話は尽きなかった。自分は社長となったのだからいいが、毎日参加させられる長瀬はたいへんだと思う。

永田は「お市の方」を熱く語った。

新興キネマから大友柳太朗が出演し、浅井長政を演じている。織田信長には月形龍之介が、そして、主役お市の方に宮城千賀子というすごい顔ぶれだった。

大友柳太朗は、このときちょうど三十歳、月形龍之介四十歳、宮城千賀子は二十歳になったばかりであった。

大友柳太朗は松山中学を卒業後、新国劇の辰巳柳太郎に師事し、中富大輔の芸名で舞台に立っていた。

昭和十一年新興キネマに招かれ、師匠の辰巳から名前をもらった。「青空浪士」でデビューしたが、この昭和十八年に第一補充兵として召集されていた。

月形龍之介は、北海道で小劇場を経営していた伯父の養子になり地方巡業をしていた。昭和十三年阪東妻三郎と「雲母坂」で共演し、これが出世作となり、新興キネマに入った経緯《いきさつ》があった。

宮城千賀子は岩手県盛岡で生まれた。十三歳で宝塚歌劇団に入り、〝東風うらら〟の名前で男役として活躍した。そして、十七歳のときに日活に入社したのだ。

監督は大学教授から映画監督になった野淵昶《のぶちあきら》がメガホンをとったと永田はいった。

菊池は、大学教授出身の映画監督に興味をもった。そのことを永田にいうと今度ぜひ会ってやってくださいという。

映画会社の社長もいいもんだなと菊池寛は思った。

「お市の方」という作品は、表面上は悲恋絵巻になっているが、実は裏には反戦の思想を感じられる物語になっていたのだ。

大映は次々と新感覚の時代映画を作ってきた。眞山青果の原作『天保遊俠傳』を脚色して「江戸の朝霧」と題し、市川右太衛門を使って仁科紀彦が撮った。

また、大佛次郎の「鞍馬天狗」は、六十四万円という大映創立以来の数字をあげた。白井喬二の作品「富士に立つ影」、「伊賀の水月」や吉川英治の「虚無僧系図」も評判をとった。

吉川英治原作『宮本武蔵』の映画化

仕事机の上に古びたバーナード・ショーの全集を開くのも忘れて、菊池はもの思いに耽っていた。

女中の手によって五つの窓はすべて開かれてあった。二台の扇風機もカタと音はするものの、全力で菊池の背中に風を送っている。

友人の吉川英治の代表作『宮本武蔵』が斉藤覚治の手によってどんな映画になるのか。五月十二日、封切りの前日、試写室で観た。

題名は「二刀流開眼」が改題され「宮本武蔵　金剛院の決闘」となっていた。題名は菊池の発案だった。

観客にストレートに響かなきゃいけないよ。二刀流なんて知らない人だっているからね。それにこれが当たったら何本もシリーズ化できるじゃないか。会議場で発言したのだ。

配役は、片岡千恵蔵が宮本武蔵に扮し、月形龍之介が宍戸梅軒になっていた。吉川英治を誘って試写を観たのだが、なかなかの出来栄えだった。

吉川が喜んでいる様は、いまでも覚えている。

さて、めしを食いに行くにはまだ時間はある。菊池寛は、全集を広げた。その紙は黄ばみ、ツツッとなにか小さな虫が動くのが見えた。

だいぶ長いこと、読んでいたと思う。集中して読んでいるときは、時間を忘れてしまう。

仕事場のドアは開けてあったが、ドアを叩く音が聞こえた。振りむくと、白いセーラー服を着たおかっぱ頭のナナ子が立っていた。

菊池寛は、この次女をナコッペと呼んでいた。

「下からなんども呼んだのよ。お父さんて、聞こえないんだから」

時計を見ると、もう五時近くになっている。着替えはしなくてもいいだろう。

ナナ子の後を追うようにして菊池寛は階下に降りた。玄関ホールには、四、五歳になった孫の貴美を連れた瑠美子と包子が待っていた。

女中の多恵が大きな風呂敷包みを「はい、お嬢さま」といい、ナナ子に託した。重そうに受け取るナナ子を見て「なんだ、それ」と菊池寛がいうと、包子が、

「鰻屋の石ばしさんと橋本さんに、今日やっているか電話してみたんですよ。そうしたら、石ばしさんが出ないんですよ。だから橋本さんに聞いたら、鰻はあるけど、お米がないんですって。先日高松からいっぱいお米いただいたから、持っていくんです」という。

鰻屋にも米がないのか、この世はどうなるのか。

菊池寛は、桐の下駄を履いた。

傘立てに三本ささっているステッキを選んでいると、女中の祥子が慌てて階段を下りてきた。手にはパナマ帽を持っている。

寛は受け取りパナマ帽をかぶった。

以前銀座の百貨店松屋で衝動買いをしたボルサリーノのパナマ帽である。ステッキは革の巻いたものを選んだが、

「お父さんは、趣味悪いなあ。その帽子には竹のステッキじゃないとおかしいわよ」

とまたナナ子にいわれた。

「趣味が悪くても、死にゃしないよ」

「お父さんは、そればっかり」

「じゃあ、ナコッペ、このステッキにすればいいか」

昔、芥川龍之介からもらった竹のステッキを手にとった。

ふたりの女中は、後ろで笑いながら「いってらっしゃいまし」と頭を下げる。

瑠美子と包子は貴美の手をとって、もう通用門をくぐって表の通りに出ていた。ナナ子は、荷物が重そうである。

家族五人は、ゆっくり護国寺に続く坂を下りていった。貴美は、妻の包子と長女瑠美子の手にぶら下がり、はしゃいでいる。

護国寺仁王門の正面に市電の停留所がある。ここで市電を待つのだが、五時を過ぎても夏の陽は涼しくならなかった。護国寺の森の大樹から暑い蟬の声が響いてくる。

右手を見ると、大塚仲町からの坂を矢来下行きの市電がおりてくるのが見えた。

五人は、車掌側のステップから車内に乗り込んだ。

菊池寛は、いつも思うのだが、ステップが急過ぎて老人には乗りにくい。長女の瑠美子は、貴美の手を引き、なかなか乗りにくいようである。貴美もやっと手すりにつかまって乗りこんでいる。大きな荷物を抱えたナナ子さえこれもやっとのようで、

「よっこらしょ」

と掛け声をかけている始末である。

車内はお盆のせいか、時間のせいか、すいていた。みな席に座れた。車掌が妻の前に立ち、肩から斜めがけした黒革の鞄から切符と挟みをとりだしている。

一円札を出し、何十銭か釣銭をもらっている包子の顔には汗が光っていた。

神田川の鰻

市電に乗るといつも思い出すことがある。床の匂いだ。中学時代の学校の廊下の匂いがするのだ。木の廊下に油を塗り込んだ匂いだ。

市電は、大きく左にカーブをきった。つり革が一斉に揺れる。なにかレビューのラインダンスを見ているようだった。

市電は、大日本雄弁会講談社と鳩山一郎邸の中間あたり、音羽三丁目の停留所で一度停まった。二、三人の人が降りていく。

車掌が「次は、江戸川橋、江戸川橋」と声をはりあげている。そんなに頑張らなくても乗っているのは、この家族だけだよ。と菊池は、笑ってしまった。

市電は、横揺れが激しかった。神田川にかかる江戸川橋を越え、交差点を越えたところで、市電は停まった。次の終点、矢来下にいく者は誰もいない。

市電を降りて、来た道を少し戻らなければならない。五人は、越えてきた橋を渡り、川の縁を右に曲がった。

この道は神田川に沿って、石切橋、東五軒町、大曲を経由して飯田橋へと続いていた。道は飯田橋からまっすぐ飯田町、九段下を通って皇居、日比谷へと続く。

一方、神田川は、飯田橋で道と分かれて、一部はそこで水をお堀へそそぎ、川はそのままお茶の水から隅田川に流れこんでいた。

石切橋の先に鰻屋の橋本はある。

小さな路地を左に入ったところでのれんが見えた。そこには大きく「う」と書かれていた。まだふたりの間に貴美はぶら下がっている。

ナナ子が先に店の中に入った。

奥から「お嬢ちゃんが、こんな重い物持ってきてくれたんですか」と、女将の申し訳なさそうな声が聞こえてくる。

包子、貴美、瑠美子の順で中に入った。

「すいませんね、奥様、いつもこんなにたくさんお米頂戴しちゃって」

女将と包子がむかいあって話をしている。

奥の座敷に通された。畳の香りと蚊取り線香の香りがする。夏の香りなのだ。

小さな庭には、御簾《みす》がたれ、朝顔のつるが竹に巻かれている。どこからか水の流れる音がする。色あせた紫陽花が数本残っていた。

床の間を背にし、菊池と包子は並ぶように座った。父の前にナナ子が、母の前に瑠美子が座る。貴美は、初めは瑠美子とナナ子の間に座っていたが、

「お爺ちゃんのそばがいい」といって、包子の隣に座を移した。

法師蟬の声がしたようだった。

女将がお茶と子ども用にとラムネを持ってきた。盆の上には、胡瓜の酢味噌和えと、鰻の骨の唐揚げがのせてある。焼き茄子の田楽も美味そうである。

少し前までは、この一帯は茄子の畑が点在していた。谷中の生姜や練馬の大根が有名だが、雑司ヶ谷一帯は茄子の産地であった。

菊池寛が金山御殿といわれた屋敷からいまの雑司ヶ谷の館に引っ越しをした昭和十二年ころから、畑が少しずつなくなって人が多く住むようになってきたのだ。

金山御殿は、同じ雑司ヶ谷一丁目にある。高田雑司ヶ谷一丁目三三九番地であった。菊池寛は、現在の住まい雑司ヶ谷一丁目三九二番地に引っ越しをした今でも、この土地や家を借りて

いる。つい最近まで、ここに文藝春秋社が菊池寛から間借りをしていた。今では、親戚たちを住まわせている。

この江戸川橋近くには、鰻屋が多い。神田川に沿うこの近くには、昔から鰻の問屋があった。ここかしこから集めた鰻を生簀《いけす》に入れ神田川で飼っているのだ。

この辺りでは、どこの店も客の顔を見てから鰻を割きだす。割いて、蒸して、焼きあがるまでには小一時間はかかった。

菊池寛は、いつも待ちきれないでいた。家を出るとき妻の包子からも、長女の瑠美子からも、

「みっともないこと、しないでくださいね」

と、釘をさされて来たのだ。

「なあ、ナコッペ、この神田川のちょっと上流に面影橋という橋があるの知っているかい」

次女に訊ねた。

「あの市電、王子電車の早稲田の近くに駅があるとこでしょ」

ナナ子が答える。貴美は、ふたりの話を聞き、包子と瑠美子は別の話をしだした。

「あの面影橋はね、江戸時代処刑場があったんだよ。処刑人が小伝馬町の牢から舟で神田川を上ってきて、最後に家族の顔を温情で見せてもらったのがあの面影橋さ」

「父さんね、ここに来るたびに同じ話をするから、覚えちゃった」

菊池寛は、娘の言葉に少々傷ついたらしい。

長女と話し込む包子にむかって、

「昨日、永田雅一君から電話があって、明日うちに来るそうだよ」

と、話題を変えた。

「お食事準備しておきましょうか」

包子は、瑠美子と顔を合わせたまま答えた。

奥から、鰻を焼く美味しそうな香りが漂ってきた。


永田雅一は、お盆の最中《さなか》にも八丁堀にある大映に出社していた。いつもより社員は少ないが、映画は日曜休日がかき入れ時である。人が休んでいるときの商売だからだ。

製作部隊は当然のように出社をしていたが、営業部隊も、休んではいられない。地方の館主から一日何十本もの電話がかかってくるからだ。

直営館はともかくとして、どの製作会社にも属さない独立独歩の映画館は、人気のない当たらない映画をすぐにとりやめて、客のよく入るフィルムをほしがる。

最近の大映は、客の入りが多い映画を作るため、営業する閑《ひま》がないくらいに館主のほうから電話がかかってくるのだ。

永田は専務室の机で、菊池が書いている『菊池千本槍』のキャストを考えていた。

昨日、社長の菊池に明日、自宅に行きたい旨《むね》を電話しておいたが、それまでにおおむねの俳優は決めておきたかった。

監督は、池田富保と白井戦太郎に決めてあった。永田は、いつものように藁半紙の上に鉛筆で配役の名前を書き連ねていった。ときどき消しゴムで消しながら名前を書き替えている。

そうだ、今日はキャスト選びを早く終えて、長瀬を誘って日本橋にでも鰻を食いにいこう。永田は、思っていた。

考えると鰻を焼く美味そうな匂いが鼻に甦った。永田の腹はクウと鳴った。

第二章　二人三脚

観客が喜ぶ映画

一昨日《おととい》の夜、電話で菊池先生と『菊池千本槍』の件で話をした。長電話になってしまった。話をしたといっても、一方的に先生が話をしていたのだ。永田は、終始聞き手側にまわっていた。菊池一族の話だけでは映画にして持たないから、オムニバスの形式をとりたいと先生はおっしゃる。あまり日本の映画ではこの形式を見かけなかったので、永田雅一はおもしろいと伝えた。

できればこの作品を来年、昭和十九年の正月映画に永田はしたかった。

大映は昨年、十七年の五月三週目から「維新の曲」で実質的スタートをきった。四大スターを起用した。続いて「独眼龍政宗」「江戸の朝霧」「伊賀の水月」を立て続けに作ったが、作品の評判はよかったものの、興行的には成功したとはいえなかった。

ところが十月一週目の作品で五所平之助が監督した「新雪」は大成功だった。これは入社したばかりの月丘夢路の第一回作品だった。これから運がつきはじめたといっていい。

伊藤大輔の「鞍馬天狗」、娯楽映画「歌ふ狸御殿」と連続大当たりをした。十二月二週目に封切った片岡千恵蔵の「三代の盃」や「あなたは狙はれている」「香港攻略　英國崩るゝの日」も好成績だった。

菊池寛先生が社長になってくれたのだ。なんとかして好成績を続けたい。それには、「菊池千本槍」が正月映画になることだ。永田雅一は是が非でもこの作品を正月映画にしたかった。

これからクランクインして間に合うだろうか。先生のお尻を叩かなければならない。悠長《ゆうちょう》に構えてはいられなかった。たしかに、ふと湧いた話だったし、棚から牡丹餅《ぼたもち》のきらいはあったが、一度手に入ることが決まると、早く完成まで漕ぎつけたくなった。

原稿さえできてしまえば、ベテランのスタッフに任せればなんとかなるだろう。とにかく早く書いていただかなきゃいけない。

電話での先生の企画案は、吉野朝時代と近世・明治維新の頃、そして現代との三部構成にしたいといわれた。なかなかおもしろそうな話だ。

早く配役をきめて、先生の原稿を催促しよう。俳優さえきめてしまえば菊池先生への圧力になるはずだ。

そんな気持ちもあって雑司ヶ谷のお宅に電話をしたのだった。

電話口の先生の話は、どんどん進んでいった。

「南北朝の時代、菊池一族は、南朝方についたのだよ。新田義貞の軍に従った箱根竹ノ下の戦いで、菊池武重は竹の先に短刀を縛り付けた秘密兵器を作ったんだ。その兵器を使って足利尊氏の弟、直義直属の軍を敗走させたんだよ。その後、菊池武重は大和の国から肥後の国、熊本の菊池川近くに移住した刀鍛冶の集団の延寿一門に槍を作らせたんだ。これが肥後延寿派の刀工の起源となったんだよ。槍の登場は、そののちの戦法を大きく変えたんだ」

吉野朝の時代編は、菊池一族が千本槍という秘密兵器を作った逸話から合戦の場面を沢山作って観客を喜ばせたいと菊池先生はいっている。そして、敵をバッタバッタと斬り倒せば観客の胸がすっきりするんだよ、永田君。ともつけ加えていた。

「近世・明治維新の部分は、すっきりした形にしたよ、肥後の宮部《みやべ》鼎蔵《ていぞう》が菊池家に伝わる千本槍を骨董屋でみつけるところから、池田屋で非業の死をとげるまでの話にしたんだよ」

と電話の声がいった。

「現代編の部分だけどね、国民の戦意を昂揚させるように書いてくれといっていたね、僕は戦争大反対論者だけどもね、始めちゃったわけだから勝たなきゃいけないんだよ。ねっ、そうだろ、日本が負けるわけにはいかないからね。それに、これから戦局も激しくなるだろう。オムニバス映画を現代編から始めることにしてはどうだろう」

ここまで話して先生は一息ついた。

シドニー港攻撃の実話に材

「海軍の士官が、部下に菊池一族の忠臣を説くところから始めるのもおもしろいだろ。シドニー、豪州のことだけど、特別攻撃隊のひとりに菊池千本槍を持たせたんだ。その烈々たる菊池一族の精神が現代に繋がっていくという物語だよ、君」

先生は浮き浮きした声で話をしていた。

いま、海軍士官の短剣に菊池槍を改造して仕込むことが流行っているらしい。菊池槍は、比較的細身なので海軍士官の短剣の形状に合致したのだろう。

知られている逸話がある。それは特殊潜航艇によるシドニー港攻撃のときの海軍中佐松尾敬宇の話であった。松尾は先祖伝来の菊池槍を携帯して攻撃に臨んだという話だ。と先生は説明してくれた。

この話をしながら菊池先生は「松尾敬宇じゃまずいな、名前をかえよう、藤尾、藤尾博之でどうだろう」といわれた。そして、名前の字も教えてくださった。作者は、けっこういい加減に名前をつけるものらしい。

先生の話では、この逸話についてもう文藝春秋の六月号に書いてしまったよ、という。電話のむこうでページをめくる音が聞こえた。重要な部分だけ読むよ、と先生がいうので永田は恐縮してしまった。しかし、電話なので永田の恐縮している格好は先生には伝わらないだろう。菊池先生の読む声がした。「いいかい」といって読みだしてくれた。

熊本へ行ったとき、シドニー攻撃の勇士、松尾海軍中佐の生家を訪問した。お父さんもお母さんも、立派な人であった。松尾中佐は、○年○月帰省したのが最後であったが、たった二泊の短い帰省であるに拘らず、数里離れている隈府の菊池神社に参拝したそうである。しかもシドニー攻撃には、菊池千本槍を短刀に仕込んで携帯したそうである。菊池千本槍とは、短刀の形をした槍の穂先である。建武二年の暮れ、武時の子、武重が箱根水呑峠で、足利直義と戦ったとき、竹を切ってその先に、短刀を結んで新武器としたという伝説があるが、爾《じ》来《らい》菊池勢の槍の穂先は、短刀の形をしているのが特色である。

○年○月の部分は電話が遠くて、永田の耳には届かなかった。電話に雑音が入るのだ。八月いっぱいに原稿さえできれば間に合うと永田は踏んだ。ここまで話ができていれば、遅くても九月半ばまでには、撮影のスタートがきれそうだなとも思う。

今日、三時ごろに雑司ヶ谷の先生のお宅に寄る約束をとってある。

永田雅一は机の上にある二枚の藁半紙をとった。そこには、昨日考えた配役のリストが書かれていた。社を出る前にもう一度確認をしておこう、と永田は眼鏡をかけた。

以前より小ぶりになった専務室からは、広い青空が見えた。そこには綿飴《わたあめ》をちぎったようなたくさんの雲が南から北にむかってゆっくりと流れていく。暑い、が風があるだけ楽だなと永田は思っていた。

市川右太衛門、羅門光三郎、小林桂樹

永田が手に持っている二枚の藁半紙の一枚には、製作スタッフの名前が書いてあった。演出は、前からきめていて池田富保と白井戦太郎に頼んである。菊池先生の電話で吉野朝の時代と近世・明治維新の時代を池田に、現代編を白井に監督を任せることにした。

脚本はやはりふたりに書かせることにした。依田義賢と波多謙治である。キャメラは多くしないといけないな。永田は昨日そう思った。シドニーなどの特殊撮影は青島順一郎が適任だろう。後は、松井鴻、松村禎三、杉本正二郎に決めた。下には、音楽、美術、録音を担当する人たちの名前が記してあった。

二枚目は配役陣のリストであった。

菊池武時に吉井莞象《よしいかんぞう》を起用した。永田が一番気を使ったのが菊池武重であった。この武重役の選択によっては映画の当たり外れに影響がでるだろう。そうだ、うちには「旗本退屈男」の市川右太衛門がいるではないか。

市川右太衛門は最初市川右団次の門下に入り、市川右一と名乗っていた。その後、中村扇雀等と成太郎のちゃんこ芝居に加わり、長谷川一夫や嵐寛壽郎と大部屋俳優になった。大正十四年にマキノプロで市川右太衛門と改名したのだった。阪妻、千恵蔵、アラカンに匹敵する大ス

ターである。それに出身が、菊池先生の故郷、高松のとなりにある香川県丸亀である。験《げん》を担ぐ永田は〝大ヒット間違いなし〟と思った。

永田雅一は、武重の役どころに右太衛門の名前を入れた。これでよし。

菊池武吉に阿部九州男、菊池武敏に多岐征二、菊池武光に戸上城太郎。どんどんとキャストが決まっていったが、あるところで永田ははたと思い悩んだ。宮部《みやべ》鼎蔵《ていぞう》に誰を使おうか。

実をいうと、永田雅一は宮部鼎蔵をよく知らなかった。慌てて長瀬に頼んで鼎蔵を調べさせた。

長瀬が調べた鼎蔵のメモには次のように書かれていた。

永田専務殿
「宮部鼎蔵の件」
宮部鼎蔵は、文政三年四月、一八二〇年、肥後の国益城郡田代村、現在の熊本県益城郡御船町上野で生まれています。肥後熊本藩士の尊王攘夷派です。
代々医者の家系で、叔父の宮部増美の養子になっております。山鹿流軍学を学んで、三十歳で熊本藩に召抱えられました。軍学師範でした。林櫻園に国学など学んでいます。

長瀬は真面目な男だな、とそのときメモを読みながら永田は思った。半日かかって図書館で調べたというのだが、こんなに細かく知る必要は永田にはなかった。

長州藩の吉田松陰と出会い、仲良くなったようです。一八五〇年には、吉田松陰と共に東北地方の旅に同行しています。尊王攘夷に目覚めたのは、この頃だといわれています。文久元年、一八六一年に、肥後勤皇党に入り中心人物になっています。その後、「攻守和戦の策」を論じて建白書を熊本藩に提出しましたが、佐幕の熊本藩には受け入れてもらえず、失望したようです。清河八郎とも親交があったようです。やむなく熊本をすて京に上っています。

そして、全国から集まってきた尊王派志士たちと政治活動に奔走するようになります。それから京都に潜伏して尊王攘夷の活動をするわけです。元治元年、一八六四年の六月五日に京都の池田屋で会合中でした。宮部たち尊王攘夷派の志士たちは京都での兵乱を計画中だったのです。それが新撰組に知れてしまったのです。剣豪ぞろいの新撰組の襲撃を受けるのです。池田屋事件です。そして、宮部は奮戦しますが、捕らわれそうになって、自刃をしてしまうのです。享年四十五歳でした。

長瀬調べ

実によく調べてあったが、永田の知りたかったのは配役選びのための宮部鼎蔵の風貌であった。

永田は、宮部鼎蔵のわきに羅門光三郎と俳優の名前を書き入れておいた。

現代編の部分では、藤尾博之が主役である。若くてきびきびとした海軍士官の役どころであった。その海軍士官には、若い小林桂樹《けいじゅ》が抜擢されていた。小林桂樹は、大正十二年群馬県に生まれた。日本大学を中退し、二年前の昭和十六年に日活に入社したばかりである。

氷柱

自室のたて長の窓の外は、朝から広がっている青い空が海のむこうまで続いていた。ちぎれた綿毛《わたげ》のような雲がひとつ、またひとつと東京湾のほうからこのビルを狙うようにむかってくる。まさに雲に襲われている気分がした。永田雅一は身ぶるいするのを感じた。

ドアをノックする音で、われに返った。

永田が返事をすると「そろそろお出かけのお時間です」といいながら長瀬が入ってきた。

この男、菊池先生に会うときは妙に浮き浮きしている。それに永田がなにもいわないうちに自分も参加するつもりでいるようだ。たしかに菊池先生には、そのような魅力があった。

一度先生に会った者は、きっとまた会いたいと思うだろう。自分もそうだ。このお盆の休みだってなにかいらいらする。遠慮をして、菊池先生とご家族を煩《わずら》わせまいと思うのだが、会って話をしたくなる人なのだ。

「下に車を用意しておきました。ところで、昨日おっしゃっていました『菊池千本槍』の俳優のスケジュールですが、皆、空いているという報告がきております」

長瀬はそういって踵《きびす》を返した。

永田は、二枚の藁半紙をたて長に折りたたんだ。そして、木製の帽子掛けにかけてある生成《きな》りの麻の背広の内ポケットに丁寧に入れた。

一階のロビーには、長瀬が待っている。永田は麻の背広を着ながら降りていくと、受付のカウンターにいたふたりの娘が立ちあがった。カウンターの横には、両腕がやっと届くほどの大きな氷の柱がおいてある。

以前、このビルを大映が使いだしたとき、長瀬を連れて日本橋の百貨店白木屋にいったことがある。夏だったから、誰かの中元でも選びにいったのかもしれない。百貨店の通路のあちこちに氷の柱が立っていた。子どもたちが群がり氷を手でぺたぺたと触り、それをまた自分の頬に持っていく。

そんな光景を永田は家庭的だと感じ、社内の何か所かにこの氷の柱を置かせたのだった。実際、涼しくなるかどうかはわからないが、来てくださるお客様には、評判がよかった。営業部員たちも外回りの後、氷の柱の前でよく煙草など吸っているから、おいてよかったのかもしれない。

運転手が車の後ろのドアを開ける。長瀬が右の助手席に座った。ふたりの受付の娘たちが、玄関の前に立ち、お辞儀をしている。何人かの製作スタッフが、ハンカチで汗を拭きながら車に一礼をして玄関に入っていった。運転手は、セルボタンを押し、ギアをローに入れた。永田は、内ポケットに入れた藁半紙を外から押さえてみた。

菊池寛邸へ

永田を乗せた車は、まず市場通りからロータリーをまわって鍛冶橋通りに入った。そして八重洲にむかった。川にぶつかった交差点を左に曲がり有楽町の電車通りで右にハンドルをきった。九番や十一番をつけた市電が走っていた。

数寄屋橋を渡ったところで右手に円形のビルが見える。丸いビルには「日本劇場」と縦に書かれてあり、横看板には『夏のおどり』と書かれてあった。走る車からは、出演者の名前まで読むことはできない。

左手には、二階屋が並んでいる。みな一階で商いをしているようだ。看板がでている。「ますや」のとなりには「九重」とあった。みな一杯飲み屋のようである。

ガードの手前には、高い広告塔があり、ビョウフェルミンと書かれている。ここから菊池邸までは、二、三十分の距離である。

車は有楽町のガードをくぐり、日比谷の交差点を半蔵門にむかって走っている。タイヤが市電のレールを踏むと、カタカタと小刻みなバウンドが身体に伝わってきた。右手は、ずっと皇居が続いている。お堀が青空を吸って輝いて見えた。

鬱蒼《うっそう》とした樹木は、都会のオアシスのようであった。みんみん蟬や油蟬の声が太鼓の連打のように絶え間なく続いている。

左に警視庁、国会議事堂を見ながら車は千鳥ヶ淵を右に折れた。靖国神社の大鳥居の前を通過していた。車は坂を下っている。靖国神社はさすがに賑わっていた。市電の線路が十文字に光っている。電線が蜘蛛の糸のように張り巡らされてあった。その糸は電車が通るたびに揺れている。

九段下を左に折れた。この道をまっすぐいけばいい。自動車は、あまり走っていない。市電や黄バスとすれちがうばかりである。バスは、後ろから黒い煙を吐いて走っている。飯田橋、大曲を過ぎた。しもた屋が立ち並ぶこの一角は、もう東京のはずれといってもよかった。江戸川橋を右に曲がる。突き当たりに護国寺の緑の甍《いらか》が見えた。もうすぐ着くと永田は思った。道路は護国寺前にぶつかった。

そこで車はその顔を左にむけた。道はまたふたつに分かれる。右にいけばその道は池袋の国電の駅に通じていた。運転手は左の道を選んだ。

「専務、裏道は埃っぽくていけません。正面から車を入れます」

運転手はそういって坂を上りながら、方向指示器を右に出した。カチャと音がして永田の窓のすぐ右に黄色の矢印型の方向指示器が飛び出した。

車はややバウンドした。大通りにはアスファルトが敷いてある。ここからは赤土を固めた道であった。赤い埃が舞った。すぐ右に菊池寛の屋敷が見えた。

大きな二枚の扉は開けてあり、先生のオースチン・セブンが車寄せの中で黒く輝いていた。オースチンのラジエーターグリルや大きな目玉のようなライトがふたつキラと光った。

敷地内は砂利が敷き詰められてあった。ジャジャとタイヤが砂利をひく音がする。運転手が車を停めたのだ。長瀬が素早く降りて、永田の座る右のドアを開けた。

菊池邸の敷地の二段上がったところに、玄関の二枚の扉があった。木製の扉は黒に見えた。長瀬はその扉に付いている、挟むような鉄のノブに手をやり引いている。鍵がかかっているようであった。

永田は右にある小さな呼び鈴に手をあてた。黒いエボナイトの枠に白い小さなボタンがついている。押すと遠くでジジーと鳴る音が聞こえた。

女中のスリッパの音であろうか、家の中でひとの動く気配を感じた。大きなドアが開かれ、小太りな女中が顔を出した。玄関ホールは暗く、あまり陽が入っていないらしい。外から入ると敲《たた》きの大理石が冷えていて涼しく感じられた。永田は、車の中で使っていた扇子を畳んで胸のポケットに差した。スリッパは三人分置いてあった。

「どうぞ暑いですから、中へ、中へ」

女中はいって永田と長瀬を招き入れた。応接間は、ホールの右の二番目の部屋が用意されていた。その小ぶりの応接間は中庭に面している。以前ここに通されたとき、菊池先生がいった言葉を思い出した。

「夏はこの部屋がいいんだよ、ここに大きな月桂樹があるだろ、それに外庭と内庭を仕切る塀があってね、陽が入らないいんだよ」

女中は「すぐ先生がきますのでお待ちくださいまし」といってドアを閉めた。玄関のドアが開く音がする。遠くであの女中の声が聞こえた。

「運転手さん、暑いですから中にお入り下さいましな、お部屋をご用意してありますから」

カルピスと生原稿

応接間のドアが開いた。ふたりは立ちあがった。ヌゥと菊池先生が入ってきた。絞りの帯が尻尾のように垂れている。口には、煙草が挟まれていた。

「いいから、いいから」

といいながら菊池寛は、出窓を背にして座った。先生の手には何枚かの原稿用紙があった。

「暑いのにふたりともよく来たね、上着でも脱いだらどうかね」

といわれた。

ドアのノックの音が聞こえた。女中が、お盆に四つのコップをのせていた。氷の音がする。冷たいカルピスなのだろう。

「多恵さん、茶の間に煙草を忘れたよ」

と菊池先生がいうと、多恵は笑みを浮かべて菊池先生の前にキャメルとライターを置いた。

「これ、運転手さんにもお持ちしますから」

といって女中の多恵はドアを閉めた。

「永田君、息子の英樹は大学の実習で千葉に行っているし、運転手も里帰りさ。家の中は、女どもばかりでね。女護島《にょごがしま》に住んでいるようなものだよ」

といいながら美味そうにカルピスをいっきに飲みほした。

「永田君、どうせ君は原稿の催促にでも来たんだろ」

菊池寛に不意をつかれて永田雅一はしどろもどろになっていた。

「菊池先生は、なんでひとの心の中まで見透せるんですか」

永田は、少々焦りながら、半ばやけくそ気味に聞いてみた。

「君ね、僕は作家なんだよ、このくらいわからなくて、どうするんだね。それも、毎日のように編集者が雑談に来る。この部屋にね。彼らは雑談ばかりでなにもいわないが、なんとかして原稿を早く書かせたいんだよ。いまの君は、そんな編集者たちと同じ顔をしているのさ」

となりで長瀬が含み笑いをし、永田が睨むと慌ててカルピスに口をあてた。

「まあ、どんなものになるか読んでみたらいいよ」

菊池寛は、持っていた原稿用紙を永田の前に無造作においた。

永田は慌ててカルピスの入ったコップを原稿から離した。コップの下には、江戸切子の受け皿があり、氷の水滴で濡れている。先生の原稿を汚してはいけないと永田は思ったのだ。

原稿は十枚ほどあった。題名は『菊池千本槍』と書かれている。その下に先生の署名が入っていた。

永田は、手が震えるのを悟られまいと思ったが、原稿用紙が小刻みに震えていた。なるほど、ここにくる編集者たちは、同じ体験をしているのだろう。作家が書いて、まだ誰も読んだことのない生の原稿を一番最初に読めるのだ。誰もが興奮し震えるだろう。この興奮があるから編集者は辞められなくなるのだろうと永田は思った。

作家の凄さ

原稿は、多くの直しが施してある。まるで吹き出しのように足されていた。

「原稿はもっと書いたけど、まだ直さなきゃならないからね。ここまで読んでから話をしよう」

菊池先生は、煙草に火をつけて、ドアを開けた。

「多恵さん、カルピスをもう一杯、みんなにね」

と頼んでいる。いえいえという遠慮の仕草をしながら永田は、原稿用紙に目を落とした。新しいインクの香りがした。

菊池千本槍

菊池寛

建武元年八月。肥後菊池では、菊池四郎隆舜の臨終が近づいていた。隆舜は肺病で弱った体をおこして、筑後の戦いで大きな働きをしたが、それは燃え尽きる蠟燭《ろうそく》の最後の燃焼であった。凱旋の直後から高熱を発し、重体に陥《おちい》ってしまったのである。

「次郎兄さん、おいの最後の我が儘を聞き届けてくれて有り難う」茵《しとね》の中のかぼそい息の下で、四郎は見舞いに来た武重に言った。

「何を言うんだ、四郎。こんなことになるんなら、お前を出陣させるべきじゃ無かったぞ」

武重は、弟の痩せ細った手を握りながら優しく語った。

「いや、男として生まれながら、一度も戦に参加せず、一族のために働かずに死んで行くのは嫌でしたからな。もう、これで思い残すことはありませぬ」隆舜は、一点の汚れもない純粋な表情で微笑んだ。

「…四郎よ、お前はよく頑張ったぞ。偉かったぞ」目に涙を一杯にためながら、武重は、弟を襲った残酷な運命を恨んでいた。

四郎隆舜の葬儀が済んで間もなく、都から勅使がやって来た。糸田征伐に関する恩賞沙汰だった。

「この度の逆賊討伐において、菊池武敏の戦功は抜群であった。よって、菊池武敏を掃部助《かもんのすけ》に任命する」勅使は、表情を変えずに綸旨《りんし》を読み上げた。

掃部助は、従六位に相当する官職であり、惣領の七番目の弟に対する行賞としては破格の物であった。武敏は、小躍りして喜んだ。

「どうだい、兄上たち。もうおいを子供扱いするんじゃないぜ」

「いやあ、お見それしました」五郎武茂も八郎武豊も頭をかいた。

実際、糸田攻めにおける武敏の剛勇ぶりは九州中の語り草となっていた。菊池に豪将武敏あり、と広く喧伝された。

ここまで読んできて永田雅一は作家の凄さに驚いてしまった。話は菊池寛先生から聞いてはいたが、原稿を読むと読み手側のイメージがどんどん膨らんでくる。手品にでも自分がかかっているような気さえもしてきた。ここまでの原稿を長瀬に渡し、永田はその先を読み始めていた。読みたくてやめられないのである。

永田のとなりでは、長瀬も読み始めていた。

武重は、隆舜の横死《おおし》がこの幸運を弟にもたらしたのだと考えていた。どうやら、一族の誰かが死ぬたびに、他の者に幸運が舞い込む仕組みになってるようだ……。

そしてこの幸運は、やがて武重自身にも巡って来たのである。勅使を送り返してから数日後、再び都から書簡が届けられたのだった。

「あなた、都からはなんと言って来ましたの」書簡を読んで以来、難しい顔の夫を見かねて、妻の裕子が口を出した。

「うん、また都へ行かねばならぬこととなった」部屋着姿で庭の縁側に座る夫は、むすりと答えた。

「まあ、また戦でも」

「いや、そうではない。『武者所《むしゃどころ》』が拡充されることになったので、おいにも参加してもらいたいと言ってきたのじゃ」

「武者所って、何をするところですの」

書斎での菊池寛

「うん、言うなれば、帝をお守りする親衛隊じゃな。世の中が不穏だから、そういう措置に出たのじゃろう」
武重は漠然とそう考えたが、武者所の存在意義はそれだけでは無かった。武者所の頭人（著者註　長官）は、すべて新田一族によって占められていた。これは、武者所が足利一族の私設奉行所に対抗し、これを牽制するための機関であることを示唆している。

対立する二つの勢力を意識的に嚙み合わせ、巨大勢力の成長を妨げるのは、朝廷の古くからのやり口であった。後の建武内乱における足利と新田の対立は、この武者所と奉行所の併置に端を発するのである。

菊池武重は、正直なところ山積みになった国司の仕事を片付けるのに忙しくて、あまり肥後を離れたくは無かった。しかし、勅命とあらば仕方がない。さっそく上京の準備に取り掛かった。


永田は葦《あし》のストローでカルピスをすすった。頭では配役はこのままでいいだろうか、と考えている。読み終わった原稿は長瀬に渡し、先を進めた。


留守のことが少し気掛かりであったが、九郎武敏の成長は明るい材料であった。

「内治は五郎武茂に、軍事は九郎武敏に任せるぞ」

武重は、集まって来た一族の面々に向かって言い渡した。誰も異存は無かった。

「兄者、おいは力の限り頑張るよ」九郎武敏は、感動の面持ちで声を震わせた。

「ばってん、お前の役目は戦だけだぞ。でしゃばって武茂を困らすなよ」

菊池寛の原稿は、ここで終わっていた。永田は胸が疼《うず》くのを感じていた。となりに座っている長瀬も興奮を抑えられないようである。

「明治維新の宮部鼎蔵の話と現代編の松尾海軍中佐の話はもう書きあがっているよ。八丁堀の大映の部屋にある。僕の机の引き出しに入れてあるから見てくれたまえ。長瀬君、僕の机にある右下の引き出しから出して永田君に読ませてあげてくれ。もう脚本家に渡してもらって構わないよ。僕は、これを書き上げるまで社に出られないから」

菊池先生は、時代小説はどうも時間がかかっていけない、と付け加えた。

文学青年・永田雅一

永田雅一は、若いころから文学が好きであった。誰これというわけではなかったが、よく小説を読んでいた。菊池寛の小説に触れたのは、いつだったろうか。たしか十年くらい前になる。京都の古本屋で見つけた菊池寛全集の一巻目を買ったのが最初の出会いだった。改造社が発行した全集で、たしか定価が弐円五十銭くらいしていたと思う。背表紙や表紙の角には革が施され、黄色の布張りで箱に入っていた。一円以上で買った覚えがある。あのころの自分にはずいぶんと高価だったことを思い出した。

表紙を開けると中川一政の絵が飛び出てきた。右ページには、裸婦の画、左ページには、漁村の画が丸く縁どられて貼ってあるかのように装丁されていた。

開くと次に菊池寛氏の近影の写真があった。丸眼鏡と髭をよく覚えている。着物姿であった記憶がある。今、自分の前にいる菊池先生よりずっと若い写真だった。なにか髪型でも変わっているのだろうか、少し印象が違う写真だった。

その次のページはどうだったろうか。先生の直筆の原稿の写真があったはずだ。そうだ『暗の後姿』と題名が書かれていた。その下にいま見せていただいたような直筆の署名が入っていた。まさかあのころは本人に会えるとは思ってもみなかった。

写真の原稿を読んだ覚えがある。原稿の写真の上に、お子さん三人とご一緒の先生の写真が被さってレイアウトされていたので、ぜんぶは読めなかった。その次の見開きの頁で永田の手がとまった。先生の小説の映画化の写真がちりばめられてあったからだった。

『新珠』『真珠夫人』『受難華』のスチール写真だった。永田はその頁に興味を持ってこの全集を買ってしまったのだ。なんどもなんども擦り切れるくらいに読んだ全集だった。この見開きも擦り切れてしまっているかもしれない。

大正八年五月長崎にて、と書かれた写真もあった。ネクタイをしめた菊池先生が故芥川龍之介先生と共に写っている写真だった。昭和五年九月満州にて、という写真も同じ頁にあったはずだ。

目次には、長編小説と書かれていた。そしてその後に、『真珠夫人(前編)』、『真珠夫人(後編)』、『慈悲心鳥』、『新珠』、『火華』、『受難華』、『赤い白鳥』と続いていた。そうだ、なにか抜けていた。永田は、何十ぺんと読み返した全集を思い出していた。
そう、先生の「自序」だ。覚えているかな。こうだったようだ。

改造社が、大全集を刊行するに当たって、僕の諸作品も収録してくれることになった。僕は、個人全集も出ているし、僕個人としては充分江湖《こうこ》に普及されている作品を、更に大全集なる形式で発行されることは、やゝ恥しい気がするが、しかし明治大正時代の各作家を網羅する以上、僕一人それを辞退することもないと思った。

僕の作家としての価値及び位置について、僕自身何にも云うことはない。しかし、文藝を普及化し、小説及び戯曲を日常生活と、融合せしめた點に於て、僕の作品は相当の役廻りを勤めたと信じている。僕の作品に依って、初て文藝に趣味を持ち、初て文藝と人生との密接なる連鎖に気づいた人は可なり多いだろうと云うことも、僕の自負の一つである。

長編小説としては「新珠」「受難華」「明眸禍」などは、作家自身やゝ満足している作品である。短編小説中、歴史小説では「入れ札」は会心の作である。現代小説では、これと云って挙げ得るものはない。戯曲では「父帰る」「屋上の狂人」「時の氏神」などは誰によんで貰っても、それほど恥しくはないつもりである。

僕は、どちらかと云えば即興的作家で意到れば即ち筆を取る方で彫心刻骨の労作などは未だない。内容は主であり、表現は常に従であった。いわゆる名工の作品でなく、身体を以て、人間全体でかきなぐったような作品ばかりである。

菊池寛

最後のお名前は、自筆の写真版だった。そうだ、間違いない。ご自身が満足した作品の中に『真珠夫人』が入っていなかったことが永田には不思議だったので、文面をよく覚えていたのだ。

『真珠夫人』は、永田にとって一番映画にしたかった作品だった。もし、自分が大物になって、映画をプロデュースできるようになったら、ぜひ自分の手でと永田は思っていた。先生が、この小説を書かれた当時は、まだ日本に自動車が少なかった。そんな時代に、この作品は、自動車事故から物語が始まっていた。記憶違いでなければ、そうだった。

そのときどきの風俗を何気なく小説に取り入れる先生の力に驚嘆した覚えがあった。それに先生はなにかの雑誌に「民衆より一歩先んじては駄目だ、半歩先んじればいい」と書かれていた。永田雅一は、いままでその言葉を肝に命じて映画作りに励んできたのだ。

となりにいる長瀬も先生の原稿を読み終えたらしい。永田もふとわれに返った。

「どうかね」

菊池先生は、ふたりに目を合わせてお聞きになった。

文壇の大御所たる先生がなぜこんな言い方をされるのだろう。永田はつい長瀬の顔を見てしまった。先生の顔には、自信が表れているが、一方では不安も残している。

「先生、すばらしいですよ。このまま続けてください。この長瀬も驚いております」

すかさず長瀬が答えた。永田も同感であった。しかし、なにもいえず、長瀬の言葉に相槌をうつばかりであった。

戦時下のもてなし

女中の多恵の声がドアの外からした。

「先生、お食事の準備が整いましたので、お客様とどうぞ大広間までお越し下さいませ」

菊池先生は立ちあがり、われわれを促しながらとなりにある大広間にむかわれた。われわれも遠慮しつつ先生の後につづいた。

大広間の客用のソファテーブルには、たくさんの料理が用意されていた。

「こんな時節だからあまりいい素材はないがね、永田君。長瀬君は、特に若いから量はたくさんあるよ」

大きな庭は、もう薄暗くなっている。菊池邸に来てからだいぶ経っているらしい。蟬も油蟬から法師蟬とうつっていた。

「長瀬君、僕はね、あの蟬の声がオーシンツクツク、オーシンツクツク、ウイオー、ウイオーと聞こえるんだ。ところが直木三十五の奴は、ウイオースと聞こえるという。昔それで口論をしたことがあってね。君には、どう聞こえるんだね」

突然の突拍子もない質問に長瀬は箸を落としてしまった。

酢蓮もあった。豚カツもあった。白身魚の刺身も鰺の南蛮漬けも大皿に盛ってあった。食事をしながらの雑談は楽しいものであった。

先生からは、この三月に首相の独裁権が強化され嘆かわしいことや、アッツ島の日本軍玉砕の話、登呂遺跡が発見された話など湯水が溢れるように飛び出してきた。また、六月の中学生以上の戦時動員体制の話になったとき、先生は哀しみで覆われた顔をされていた。

永田は、話を明るくしようと思った。

「今年の正月映画は、よくあたりましてね」

先生は、食事を取りながらも煙草を口にくわえた。

長瀬は、出された日本酒を茶碗に注ぎ、刺身を肴に飲んでいる。

「一週目の『富士に立つ影』も興行としてうまくいきました、三週目の『虚無僧系図』もよかったですが、とくに二週目に封切った『成吉思汗《じんぎすかん》』は凄かったですな。東宝が『伊那の勘太郎』をもってきたものですから、うちはこれで応戦したんですが、いままで一番の成績を挙げました」

永田は話し続けた。

「成吉思汗」の撮影では、まず成吉思汗同志会の協力企画とし、蒙古でロケーションを断行した。監督は牛原虚彦《うしはらきよひこ》だった。広漠たる砂漠地帯での撮影は日本映画で初めてのことだった。

「これが大当たりしました。いま製作に入っている『奴隷船』や『無法松の一生』も稼げる映画だと思いますな」

永田は、少しだが胸を張って見せた。

「いや、これらはみな先生のお陰ですな。脚本を先生に全部読んでいただき、直していただいたわけですから当たらんはずはない」

永田は、菊池寛につられて煙草に火をつけた。長瀬は、まだ酒から手を離さないでいる。

「永田君ね、『奴隷船』はなかなかおもしろかった。脚本を書いた丸根賛太郎君は才能のある男だね。たしか明治初頭に横浜に停泊したペルーの貨物船マリールイズ号の話だったな。僕も知らない話だったよ。まさかこの時代に中国の奴隷たちが乗せられていたなんて想像もつかないわけだね。それを日本人が解放したなんて、いい話じゃないかね、君。あの解放に努力した神奈川県の参事の名前はなんといったっけね」

飲んでいた長瀬は「大江卓といいます」と答えた。この男、飲んでも酔わなさそうだと永田は思った。そういえば自分はかなり長瀬を重宝しているが、まだこの男にはわからないところがある。

「『奴隷船』は、この九月二日に封切りを予定しています。いま京都で撮影中ですが、市川右太衛門と市川春代が、いい芝居をしているようです。もうひとつ、いいのがこれも先生に読んでいただいた伊丹万作脚本の『無法松の一生』ですよ。十月二十八日に封切りを決定しました。これは稲垣浩監督で京都で撮影中です。この二本は大当たり間違いないでしょうな」

「岩下俊作原作の『富島松五郎傳』が原作だね。ところで、誰が無法松を演じるのかね」

先生は、長瀬にむかって訊ねた。

酒がなみなみと入った茶碗をおいて、長瀬は手のひらを見るような仕草で先生に答えている。

「松五郎役は、阪東妻三郎先生です。阪東先生がぜひやりたいとのたってのご希望だったと聞いております。結城重蔵が月形龍之介先生で撮っています」

長瀬の手のひらには、なにも書いていない。しかし、永田は、長瀬の手のひらをそっと覗いてしまった。先生の質問は続いた。

「長瀬君。松五郎がひそかに心を寄せるあの吉岡夫人の役は難しそうだが、誰に決まったのかね」

先生の声が少しキンキン声になっている。

「園田、いや、園井恵子です。製作の中泉雄光先生がお決めになったみたいです」

女中の多恵が入ってきた。そろそろご飯をお出ししましょうかと聞く。菊池先生はうなずき、永田もそれに従った。長瀬は、大きく手を振り「いや、僕は」といいながら酒のあふれそうな茶碗を上げた。飯には、こま肉と長ネギのスープが添われていた。菊池先生は、スープを飯にかけ、茶漬けのようにして食べている。

長瀬は、それを見て「旨そうですな、やはり僕もいただきましょうかな」といって女中の多恵に片目をつむって見せた。

食事の後の果物に西瓜がでた。このご時世ではそうとう豪勢な食事だった。そして三人はしばらく話を続けた。永田の作った「菊池千本槍」のスタッフや配役表を見ながら話もした。先生は、永田君にまかせるよ、とおっしゃってくれた。そして、話題は、自然と右翼の話になった。

「このところ考えているんだよ」

先生は深刻なお顔になった。

「永田君、時局がら仕方がないのだがね。僕が大映に入ったころからね、右翼の者どもの動きが、怪しくなってきた。大映や君たちに迷惑がかかっているのじゃないかとね。少々心配しているのだがね。このまえ、右翼の連中がどっと家に来たんだよ。僕はピストルを見せて追い払ったがね」

その噂は永田も知っていた。いや、むしろ永田はその渦中にあった。菊池寛が大映の社長に就任したころから大映に対して、一部の陸海軍や右翼団体から強力な反対の声が上がってきたのだ。

自由主義者である菊池寛を社長とする大映は、陸海軍の映画を絶対に作らすべきではないという方針をとった。ところが軍や右翼団体の無言の圧力はそうとう強烈なものだった。しかし、そのような辛い雰囲気の中、社長を中心として大映は信じる道を一路邁進してきた。

「先生、われわれは大丈夫ですよ。たしかに大きな圧力は感じるときもありますな。しかしですね。なんといっても大映は一位を保っています。それは、大映が製作する映画のファンが大勢いるからですな。それは、誰も無視できませんですよ。それに、永田雅一がここにいます。なぜ、いるかといえばですな、こんなときのためなのです。先生は、気にせず、文藝春秋社のこと、大映のこと、そして、これからの作家や文芸のことだけをご心配ください。大映は、そして僕も、となりにいる長瀬だって菊池寛先生が社長であることを誇りに思っているのですから」

菊池先生のお顔が、少しだけ晴れたような気が永田にはした。もう時刻も遅くなっていた。いくら話がおもしろくても暇《いとま》をとる時刻はとうに過ぎている。

先生が玄関まで見送ってくださった。靴を履く永田にむかって「今月中には、全部渡せると思う」といってくださる。多恵さんも長瀬に「お酒をご注意なさいませ」と変な言葉をかけている。

長瀬の開けた自動車のドアのステップに永田は足をかけ、座席に乗り込んだ。ふと後ろを振りむくと、先生はまだ立っていてこちらを見ていらっしゃった。永田は、振り返りながらお辞儀をした。ドアを開けた長瀬は先生にむけて深々とお辞儀をし、「ご馳走様でした」といっている。

運転手がセルボタンを押し、エンジンの音がした。

「専務、菊池社長は凄い方ですな。私にまで、カルピスやら、お食事やら、準備してくださいました。いいえ、お酒だけは丁重におことわりしましたが」

運転手はそういうとアクセルを吹かした。

車は、砂利から赤土の道に出た。運転手がいったん車を停めた。車の床から長く突き出したシフトレバーをニュートラルに戻し、黒のサイドブレーキを引いた。

「しばらくお待ちを」といって、運転手は車を飛び出していった。永田の背中で大きな門の閉まる音と閂《かんぬき》がすべる音が聞こえた。目の前には、古ぼけた二階屋のアパートがある。いくつかの窓から明かりが漏れていた。その方向が西だった。

永田は、西の空に手を合わせた。東京から西の方角には身延山がある。日蓮を強く信仰している永田雅一は、なにかにつけて身延山に礼をする。手を合わせた永田は、二度頭を下げ、心の中で「南無妙法蓮華経」と二度唱えた。菊池先生と出会った礼と、これからの苦境をふたりで乗り越えていく二人三脚の始まりを祝福しての礼であった。

門の脇にある潜《くぐ》り戸から運転手が出てきた。空はもう真っ暗である。

人を思いやる心

うるさかった蟬たちに代わって、最近では秋の虫の声が聞こえだした。

妻の包子も娘たちや孫の貴美も、千葉の千倉にいっているようだ。家は静かである。近所の子どもたちも蟬取りにこなくなった。学校がはじまったと女中たちが噂をしていた。

菊池寛にとって朝早く起き、原稿を書く毎日はとうに始まっていた。編集者に渡し、雑談をし、客と話す。午後には、文藝春秋社に出かける毎日である。いつもと違うのは、大映に寄らないことだった。原稿を書く時間を長くして『菊池千本槍』を書き上げなければならなかったのだ。

その間も三日にいっぺん長瀬は顔を出していた。

いつだったか、シドニーの現代編の脚本が上がったとかいって長瀬が見せにきた。なかなかよく書けた脚本だった。どうぞ直してほしいとの話だったので、赤字を入れたら脚本は真っ赤になってしまった。

これでは、いくらなんでも脚本家の心に傷をつけてしまうかな。菊池はそう思い、脚本の最後になぐり書きで自分の意を記した。

君の脚本はまことに良く書かれていて僕は驚嘆した。しかし、軍人のリアリティが薄いので、言葉やト書きを直した。赤字が多くなったことは許してほしい。

菊池寛

長瀬はそれを見て顔を綻《ほころ》ばせていた。

その長瀬が今日、最後の原稿を取りに来るはずだ。現代編の撮影は、もう開始しているといっていた。

菊池寛は、机の上におかれた原稿用紙の最後に（完）という字を入れた。

今日は、九月に入って最初の土曜日だった。家族たちは、明日東京に帰ってくるという。広い家には女中たちや運転手がいた。

息子の英樹も帰ってきているようだが、姿が見えない。どうも息子が長じてくると父子の関係がうまくいかないものだ。子どものころはよく勉強を教えてやった。しかし、思春期を過ぎるとあまり顔を合わさなくなった。なにか聞けば教えてもくれるが、ここのところ実にそっけがなかった。

最後の客と昼食をとり、所在なげに菊池寛は忙しさで読めなかったバーナード・ショーの全集を久しぶりに開いた。

幻の菊池寛総監督案

どのくらい経ったのだろう。外庭で砂利を蹴散らす音と車のドアを閉める音が聞こえた。ひとの話す声もする。階下で呼び鈴の鳴る音がした。呼び鈴の鳴る音と祥子の「はーい」という声とがかさなった。何時ごろになるだろう。スイス製のお洒落なデザインで施されている時計に目をむけた。針は四時少し前を指している。

しばらくして階段を上がる音が聞こえた。スリッパを履いた足音は祥子のものだ。

「先生」

「長瀬君だろ」

菊池は先回りをしていった。

「あの、そうです。長瀬さんもご一緒ですが」

「あとは誰かね」

「永田専務もご一緒です」

祥子は第一応接にお通しした、といって反対側にある階段を降りていった。そちらの階段の下に茶の間や厨房がある。客がいるときは、女中たちはよくその階段を使っていた。

玄関ホールからの階段は、幅も広く、踊り場がつけてあり、ゆったりと上がることができる。菊池寛は、いつもこの階段を利用する。むこうの階段は幅も狭く、急すぎて菊池には使いにくかった。

菊池寛は、煙草とライターを袖に入れ立ち上がった。最近、永田雅一の音沙汰がないと思っていたところだった。

応接間に菊池が入ったとき、永田はハンカチで頭の汗を拭いているところだった。菊池寛は、永田君は禿げるかもしらんな、と以前から思っていたが口にすることはなかった。永田はまだ若い。いって治るものならいうが、いって治らないものはいってもしようがないと思っている。

菊池自身の哲学なのかもしれない。

テーブルの上には女中が用意したらしい紅茶とカステラが置いてある。菊池寛は、それをふたりに勧め、自分はカステラを素手でとった。

「ところで、今日原稿はすべて書き上げたけど、撮影はどうかね」

菊池寛は、長瀬の目を見ながら聞いた。

「撮影はまことに順調にいっております。とてもおもしろい映画になりそうだと現場からも聞いております」と紅茶をかきまぜながら長瀬は答えた。

「菊池先生、今日はいろいろなご提案やご報告があって、この永田も参りました。先生が以前おっしゃっていた京都の撮影所をひとつに統合しました。東京も同じようにひとつにまとめました。大映は日活を含めて三社からなりたっています。みなそれなりに撮影所を持っておりました。私は、先生から無駄を排除して撮影所をまとめたほうがいいというご提案をいただいたとき、混乱がおき無理かもしれないと思ったのですが、かえって上手くいっているようです」

菊池は、うんうんと頭を二度前後させた。

「どうでしょう、先生の作品を先生が監督されるというのは」

永田は、自分の言葉に興奮しているようだった。

「だって監督はもうふたりもいて、すでに撮影に入っているじゃないか」

菊池が灰皿を引きよせながらいうと、

「いえ、菊池寛が総監督というのがおもしろいと思うのですな。現場はふたりに任せて先生が総監督をする。話題になるのは請け合いですな。ぜひそうしてください。文藝春秋社のお仕事の合間をぬってでいいのです」

菊池は、天然パーマのような頭をかいた。

「君ね、京都までどんなに急いでも十時間以上はかかる。そんな簡単じゃないだろう」

「いえ、そのときは、この永田もお供いたします。ただ、秋には専務の河合と上海に行かなければなりませんが、それ以外でしたらいつでも京都にお供できますな」

永田は、鼻の下の髭に手をふれながら答えた。

「ほう、君、上海にいくのかね」

菊池は、上海になんのためにいくことになったかを興味を持って聞いた。

合作・現地ロケ合戦

永田のいうには、京都撮影所が牛原虚彦《うしはらきよひこ》・松田定次共同監督による「成吉思汁」を撮影するにあたってロケ隊を蒙古に派遣したのと同じときに、大映の東京第二撮影所は「シンガポール総攻撃」のロケ隊を南方に送っていた。ちょうど一年前の昭和十七年六月のことである。

ところが、そのころ南方において日本の制海権が危うくなりだし、敵の潜水艦がひんぱんに出没するようになり、命がけのロケ隊になってしまった。ロケ隊の出発にあたって永田雅一は、皆に万一、命を失うようなことがあれば、会社は残された諸君の家族の面倒は責任をもつから安心してくれといって社員を感激させた。

島耕二が監督した「シンガポール総攻撃」は、日本軍の自転車部隊のシンガポール突撃を描いたもので、そのころ東宝が日本・フィリピン合作の「あの旗を撃て」でマニラの現地ロケをすると聞きつけ、それに先だっての南方ロケ映画であった。映画は翌十八年四月に封切られた。菊池寛が大映に入社したころであった。

この作品は文部省推薦映画として、多くの観客を集めた。その映画の副産物として同時に撮影されたのが、六月公開された「マライの虎」である。古賀聖人が監督し、東海林太郎が主題歌を歌った「マライの虎」は、菊池寛が驚くほどにヒットをした映画になった。「マライの虎」はマレー半島にいた谷豊という実在の日本人をモデルにしており、後に子ども向けの人気テレビドラマ「怪傑ハリマオ」に発展する。

大日本映画製作が他社に先駆け、新しい天地にロケーションを求めたことは、その後日本映画のための広い視野の展開にとても役にたった。

大映は上海を本拠としていた中華電影公司と十八年初頭、提携をした。このとき大映の基礎がようやく固まったともいえる。上海は東洋の大都会である。そして、映画製作の歴史も四十年近くあった。

その中国の映画人と手を結べたことは大映にとって大きな力になったのである。東宝は長谷川一夫と満映の看板スター李香蘭が競演した「支那の夜」や「上海の月」を現地ロケして製作した。また松竹も佐野周二と李香蘭の競演で「蘇州の夜」を作ったが、現地ロケをしても、中国映画人の協力を得たものではなかった。その点でも、大映の作品は一歩も二歩も先んじていて、日華両国民によって親しく観賞されていたのだった。

この冬、大映は幕末のころ自ら上海に渡り、中国の志士と交遊し、長髪賊の乱を目《ま》のあたりにしてきた高杉晋作の物語を八尋不二《やひろふじ》のシナリオで製作をすることを企てていた。

永田は、その中国撮影所を見学し、協力をあおぐために上海にいくことを菊池寛に伝えた。

「どうでしょう、河合君と私の上海行きは、十月の半ばの予定になっています。九月の後半か十月に京都に参りませんか」

強引といえば強引であったが、それもまた菊池には気持ちがよかった。

話し終えたと思って腰を浮かせた永田だったが、なにを思いついたか、もういちど椅子に座りなおした。

「そう、そう、先生にいいご報告があります。九百万の借金がもう半分近くに減りましたよ。先生のお陰です。ほんとうにありがとうございます。たぶんこのまま行くと来年中、遅くても昭和二十年の春には完済ですな」

そういって永田は顎に手をおき、「さてと」といいながら立ちあがった。

菊池寛は、永田の単純すぎるような素直さを愉快に思った。

二人旅

永田雅一は、東京駅から一等車に乗り込んだ。まだ汽車が出発するまでに時間はだいぶある。京都から永田が最初に上京したときは三等車だった。十時間近くの長旅は、辛いものがあった。ベンチのように直角で、板でできた背もたれは、痩せた永田の背を容赦なく痛めた。一等車のようにクッションはない。仕方なく椅子の下に横になり、寝ながら東京までたどり着いた。

いま一等車に乗れる満足を永田は味わっていた。切符に書かれている席を永田は探した。ずっと奥である。車両の右手に見覚えのある中折れ帽子がかけてあった。

菊池寛と長瀬はもう列車に乗り込んでいた。菊池先生は背広姿だった。新聞を読んでいる。長瀬は、先生と向かい合った席に座り、煙草をくゆらせていた。

窓の木枠には、長瀬のものだろうか、ピースの缶がおいてある。

「おう、永田君、早いじゃないか」

先生は目をしばたたかせながら新聞から目を離し、永田のほうを見あげた。

「読んだかい」

先生は開いた新聞を折りたたみ永田にわたした。

新聞の一面には、「伊太利、無条件降伏を発表！」という大きな文字が躍っている。

走る汽車の中で菊池先生は、新聞を見、ご自分の著書の校正に赤字を入れ、本を読み、と忙しくなにかをされていた。

弁当を食べるときだけ、三人は会話をすることができた。

鳥取の大地震の話題に続いて、学生の徴兵の猶予が撤廃されそうだという話題になった。

菊池先生は、その丸い眼鏡をはずし、ちり紙で目をふきながら、

「うちにも息子がひとりいる。英樹だよ。後は女どもばかりでね。英樹を戦争にもっていかれるのは困る。もし英樹の身に何かあると、うちが菊池一族の分家だって、血が途絶えてしまうからな」

といって菊池先生は、また本の頁を開いた。

汽車は西日の沈む京都駅にすべりこんだ。しゅーと蒸気の音が聞こえてきた。三人は煙を吐く機関車の脇を抜け、駅の構外に出た。荷物は、すべて長瀬が持ってくれている。長瀬は荷物を持ちながら京都撮影所から迎えに来た車が待つ区域に急ぎ足でむかっている。

菊池先生は、中折れ帽子をかぶり、柄《え》に籐《とう》が巻いてあるステッキをつきながらゆっくり長瀬のあとについていく。永田雅一は、人ごみで長瀬を見失わないようにするのが難しかった。

長瀬は、一台の自動車のトランクに荷物を積んでいた。車は黒のシトロエンである。迎えの車は三人を乗せて、東本願寺前を右に折れた。電車道を走り、今度は七条を左に曲がって河原

町通りに入った。

車は、京の五条を抜け四条河原町を東に曲がった。四条通りであった。四条大橋を渡ると道は南座の前を通り、一力の前をぬけ、八坂神社に出る。この一帯は祇園と呼ばれている。

車は、一力の手前、左の筋を北に入った。そして、北に上がった。花見小路である。この花見小路は僕が学生時代によく通った道だよ、宿がこの先なら元吉町か末吉町にあるはずだね、と菊池先生はおっしゃった。

白川に沿ったその宿の門は、小さな行燈で照らされている。三人は竹でできた塀で囲われた細い路地を入っていった。玉砂利に水が打たれ、綺麗に整えられた竹が風に揺れている。背の低い燈籠《とうろう》には足元を照らす灯が入っている。

「おいでやす」「よう、おこしやす」「おこしやす」

何人かの仲居の声が待っていた。

その声に引かれるように、中から女将が顔をだした。

磨きぬかれた玄関の床の上に正座をした女将が、頭を下げながら、

「おおきに、菊池先生、ようおいでくださいましたなぁ」

という。また、永田と長瀬にも、

「永田専務はんも、長瀬はんも、おおきにでっせ」と頭を下げた。

女将は五十前後であろうか、京友禅だが地味めなりだった。しかし、帯だけは、金糸、銀

糸がふんだんに使われ、永田もなかなか見ることのできない芸術の香りを漂わせていた。

古都の宿

菊池寛の部屋は、二階の奥に用意されていた。十畳ほどの部屋に八畳の部屋がついている。新しい畳の香りと、お香《こう》の香りが、菊池の鼻を擽《くすぐ》った。荷物はそれぞれ担当の仲居が持ってきていた。

菊池は宿の庭を見下ろせる窓辺に近寄った。そこだけは板敷きになっている。板敷きの上に緋色の毛氈《もうせん》が敷かれている。そこにある二客の椅子、テーブル、座敷の文机、座敷におかれた大きな机、床の間までがすべて黒漆で施されていた。調度類はどれも高価な品であった。座敷の机などは、菊池の寝ているベッドと同じ大きさである。

床の間には「寒山拾得」を描いたものらしい掛け軸がかかり、形のいい信楽の花瓶には庭の花がさしてある。そこには、上品にくゆる香炉も置いてある。床柱も立派なものであった。

見下ろす庭は意外に広い。夜なのでいくつかの燈籠の灯だけでは、なにも見えないが、真下に鹿威《ししおど》しがあるのだけは菊池にもわかった。

仲居が茶の準備をしながら、「お疲れどっしゃろ」とか「汽車の旅はいかがどしたか」など聞いてくる。菊池寛は、今朝妻の包子からわたされたぽち袋を背広の右のポケットからだして、仲居に手わたした。ぽち袋は少しだけよれていた。仲居は「まっ」といいながら驚いたふりを一瞬見せたが、おおきに、といいながら着物のふところにそれを差した。

「お茶、いかがどすか」

黒漆の椅子に座った菊池寛の前に、朱塗りの半月盆にのせた茶と菓子を仲居は置いた。菓子は菊をあしらった落雁《らくがん》と、それに京都の名物八橋《やつはし》であった。

八橋は菊池寛の好物である。いまから三十年も昔、冤罪で一高を追われた菊池は、ここ京都にきた。京都帝大で戯曲を学ぶためだった。貧乏のどん底にいた時代だった。そのときに覚えた味が八橋である。その後も講演などでよく京都にくるが、この八橋の味は京都の嫌な思い出を消してくれた。

そういえば二、三年前の秋にも吉川英治や川端康成と京都にきた。講演の仕事をかねて競馬にきたのだ。そのときは、ホテルに宿をとった。定宿としていた京都ホテルである。京都ホテルは東京の帝国ホテルの姉妹ホテルで、作家たちを大切に扱ってくれた。

菊池は今日のような和風の宿よりホテルを好んだ。川端君などは、このような和風の宿が好きらしい。しかし、胡坐《あぐら》もかけないほどの体形の自分は、やはり椅子がいい。洋間がよかった。それに菊池寛は、和食より洋食が好きだった。和食はさほど美味しいとは思わなかった。

この季節なら、まだ我慢もできるが、このような日本間のある宿は冬が寒い。いまいるような大きな部屋に火鉢ひとつでは耐えられない。とくに京都の冬は寒い。いつだったか講演に京都を訪ねたとき、急きょ和風の旅館から京都ホテルに切り替えてもらったことがある。菊池はそのとき少し風邪ぎみだったのを思い出した。

東京の家に帰り、家族にその話をしたのだが、女どもから顰蹙《ひんしゅく》をかってしまった。なかなか泊まることのできない有名な宿だったらしい。

仲居は襖《ふすま》を背にしてお辞儀をしながら、もう一度「おおきに」といって部屋を出ていった。

長旅は身体に堪《こた》える。菊池寛は椅子に座って茶を飲み、ぼんやりしていた。厚い座布団をふたつ折りにして、それを枕にして菊池はまどろんだ。どのくらい時間が経ったのだろうか、襖が少し開いた。

「入ってもよろしいですか」

襖が大きく開いて長瀬の長身があらわれた。

「先生、今日はお疲れだと思いますので、この宿で食事を準備させました。明日は、太秦《うずまさ》に十一時に入るようにしております。宿には十時半ころに撮影所からお迎えに参りますがよろしいでしょうか」

長瀬は宿の浴衣の上に藍色の丹前《たんぜん》を着ていたが、寸法が合わず〝つんつるてん〟である。

「もっと早くても僕はかまわないよ」

菊池は立ち上がり、背広の上着を脱いだ。長瀬はそれを受け取り、備えつけの箪笥《たんす》にかけながら、食事に参りましょう、と告げた。

菊池も浴衣に着替えた。寸法は、ちょうどよかった。

着替えを済ませ、長瀬の後をおって部屋を出ると、廊下に仲居が正座をしていた。仲居の案内で一階の座敷にむかった。泊まり客は、ほかにはいないようだ。スリッパが嫌いな菊池寛は、素足である。長瀬は、スリッパを履いていて歩きづらそうであった。少し床を磨きすぎだなと菊池寛は思った。

京懐石料理

座敷は、渡り廊下で宿とつながっていた。座敷は、三十畳はあるだろう。入ると永田の背があった。

菊池は永田雅一の前に座った。

「先生は、風呂はまだなんですか」

長瀬が永田のとなりに座りながら訊いた。

「僕は風呂に入らないよ。心臓に悪いから、僕は風呂が嫌いなんだよ」

菊池は箸をとり、目の前にある柿の田楽に箸をのばした。

庭に面したガラス戸が遠慮がちに開いている。蚊取り線香の匂いがした。そばに池があるらしい。ぽちゃと鯉が跳ねる音がする。鹿威しの音も庭に響いている。

永田と長瀬は、仲居に酒をついでもらっている。

「先生、乾杯といきましょう」

永田と長瀬は、杯をあげた。菊池は、箸をとめ、お茶で乾杯をした。

鮎の〝にがうるか〟はなかなかの味だった。鮎の内臓の塩辛である。

「これは、なかなかの珍味ですな、はじめて食べた味ですな」

長瀬は、奈良時代の料理にあった〝蘇《そ》〟を箸で摘み皆に見せながらいった。

「その蘇は、牛乳を十五時間くらい煮詰めて作りはったんです」

傍にいた仲居は料理の説明をした。

「〝そ〟ですか、どんな字を書くんですか」

長瀬は仲居に訊いている。

「蘇州の〝蘇〟だよ」

菊池寛は答えた。

料理は、先付けから始まり、松茸と秋鱧《はも》の土瓶蒸し、鯛の薄作り、鮎の焼き物、松茸のすきやきと進んでいく。

菊池は、先付けの皿に小さくおかれていた餅銀杏《もちぎんなん》を旨いと思った。

銀杏をひたすらすりつぶし練ったものだと仲居がいうのを聞いて、菊池は雑司ヶ谷の家の北側にある銀杏《ぎんなん》がいっぱい生《な》る大きないちょうの木を思い出した。

明石の蛸や京野菜の料理が出るころには、菊池の胃のあたりはぷくと膨らんでいた。長瀬は、酒から手を離せないでいる。

三人の話題は、永田が来月行く上海の話から、菊池寛が、いまシナリオを直している「かくて神風は吹く」の映画の話題に移った。

長瀬が明日のスケジュールを説明している。京都撮影所で菊池にスタッフを紹介したあとで、食堂で昼飯、撮影ステージを見学していただいて、夜は撮影所長の藤井、監督の池田、俳優の市川右太衛門や羅門光三郎たちと会食の用意をしているという。もし、間に合えば脚本家の依田義賢や波多謙治も来たいといっているらしい。場所は鴨川沿いの川床料理をおさえたと長瀬は永田に報告している。

最後は、うどんだった。菊池寛は、関西のうどんに舌鼓を打った。水菓子がでるころに女将が顔をだした。

女将は、近ごろでは美味しいお米が手に入らなくなった。ほんとうは、自慢の鱧のお茶漬けをお試しいただきたかったのに、うどんしかお出しできないのが残念だといった。永田は、こんな時世によくこれだけのものを用意してくれたと感謝を述べている。

「堪忍どっせ」

と女将は手を横に振った。

永田は、女将を菊池寛に紹介した。永田雅一の父芳太郎が、この店の先代の女将に世話を受けたという。

永田芳太郎は、長く京友禅の問屋を経営していた。京友禅も安い品から高価なものまである。高価な品は、家一軒もの値段がついた。そのような京友禅を女将たちが支えてくれていた。

「先生、そこに掛けているのも先代の女将がうちから買ってくれた着物ですな」

永田がいうと、

「いや、かなわんわ、永田はんのお着物は、みな芸術品どっしゃろ」

と女将が答えた。

たしかに先ほどらい菊池は、飾っている着物に目を奪われていた。

京都撮影所

撮影所からの迎えの車は二台であった。一台に出迎えにきた京都撮影所長藤井朝太と永田雅一が乗り、一台に菊池寛と長瀬が乗った。藤井は、ややずんぐりした体形の男で眼鏡の上の眉は、かなり離れている。ご挨拶は後ほどといって菊池側のドアを閉めてくれた。頭は少し禿げかかっている。車を囲むように女将と仲居が出てきていた。

二台の車は、川端通りを北に上がり、三条で西に入った。御池通りに出るとほとんど西に一直線であった。右手に二条城が見える。

「広隆寺の近くかい」

菊池寛は長瀬に聞いた。

「そうです、広隆寺は撮影所の裏手になります。撮影所のもうすこし先が渡月橋です」

長瀬は前の座席から後ろを振り返りながら菊池と話している。

車は、円町、花園を通り、花園を過ぎたところで南にハンドルをきった。前には永田たちを乗せた車がある。二台の車は、しばらくその町を走った。菊池寛には高い塀が見えてきた。その塀が途切れた所に大きな門があった。右の塀には大映製作京都撮影所とあり、左の塀には「DAIEI」とローマ字で書かれた看板があった。

大映京都撮影所

正門を入ると左手に守衛の詰め所があり、ふたりの守衛が二台の車に敬礼をしている。車は斜め右手にある二階建の事務所の車寄せに横づけされた。事務所の上には、あの独特な大映のマークが飾られていた。左手にある建物が、編集をしたり、台本を直したりしているところです。正面に見えるのが撮影部の部屋とフィルム倉庫です。そしてその裏手が第一ステージです。長瀬は、菊池寛に撮影所を説明しながら菊池の座っている車のドアを開けた。

長瀬の話では、第一ステージの裏手にオープンセットがあるらしい。そこには常に江戸時代の町並みが用意されているという。事務所右手奥に第二ステージから第六ステージまで並んでいるともいった。どのステージも飛行機の格納庫を思わせるほどの大きさがあった。長瀬は背景などを収納しておく背景格納庫はステージの倍の大きさがあるという。

事務所の建物の大時計は十一時を過ぎていた。事務所の玄関はなかなか立派である。車寄せには事務制服を着た娘たちがこの社長、専務の一行の到着を待っていた。この事務所棟をみな本館とよんでいた。本館には、所長室、いくつかの大小の会議室があり、一階は総務や経理、脚本部や宣伝課が入っていた。

永田雅一と所長の藤井は、菊池寛を案内しながら二階にあがっていった。いったん所長室に入った。藤井の部屋には、丸いテーブルと応接セットが置かれ、窓辺の花瓶に花が飾られている。

菊池寛は、そこに中折れ帽子とステッキをおき、大会議室に移った。大会議室は、四方に窓があり見晴らしがいい。壁には、幾枚かの絵も飾られている。床は板敷きだった。長いテーブルが置かれ、三十人は座れるようである。大会議室には三、四十人の人々が集まっていた。この京都撮影所には千人近い人たちが働いていると聞く。会議室でひと休みした一行は裏手にある第一ステージに移った。

そこにはほとんどの社員たちが集まり、一段高い舞台も用意されていた。

菊池寛は、マイクの前に立った。長瀬がマイクスタンドの高さを菊池に合わせている。菊池は大きなマイクを二度叩いた。長瀬は社長の菊池にむかって「大丈夫です」と腕で丸を描いて見せた。

「諸君、この春、大日本映画製作株式会社に入社した菊池《きくち》寛《ひろし》です。よろしく願います」

菊池寛は、皆を見回して話を続けた。

「この三月、東京本社の諸君には申し上げたが、僕は社長になるにあたって、専務の永田君とよく話をした。そして、経営のほうは永田君に任せることにした。永田君は、僕に経営の心配はかけない。あなたは企画と、脚本をやってください、といってくれた。そこで、僕はこれから全部の企画と脚本に目を通すよ。劇映画の劇という字はね、劇薬の〝劇〟なんだよ。それは即ち、人生のもっとも激しい場面の連続じゃなきゃいけないんだ。感情的にも、行動的にも、劇しい場面がなければ劇は成り立たないんだよ。だからすべてはシナリオなんだ。シナリオが一番大切なんだね。松竹や東宝は直営館を持っている。少々作品の出来が悪くてもなんとかなる。しかし、うちの社、大映は違うんだよ。製作の善し悪しだけで決まるんだよ。製作の一本一本で失敗すれば大変なことになるんだね。僕はね、シナリオオンリーでいくよ。いま流行しているような偏重したリアリズムはよくないんだ。おもしろくない真実よりも、おもしろい嘘のほうがずっといいんだ。観客はね、おもしろいものを待っているんだよ」

そこで一息つき、菊池寛は、もう一度部屋いっぱいの人を眺めわたした。

「いいかね、映画とは誰のものかを考えてほしい。僕は小説家だから、いつも小説は誰のものかを考えているんだよ。僕はね、小説は読者のものだと思っている。同じように映画を考えると、一会社のものでも、一監督のものでも、一スターのものでもない。観客大衆のものなんだよ。観客大衆があって初めて成立するものなのだ。だから、大衆がなにを見たがり、なにを聞きたがっているかを発見して、それを映画にすることなんだ。芸術の衣《ころも》を着せて観客に見せるのだね」

社長の菊池はそこまで話すと、舞台の袖にある席についた。

監督の池田富保が菊池の傍にきた。

池田は俳優出身の監督だけに顔立ちが整っていて、背の高いハンサムな男である。旅役者からスタートした池田は、映画俳優尾上松之助に見出され、尾上松三郎と名乗った。

自分は大作「実録忠臣蔵」にも俳優として参加した、と菊池に話しだした。監督になった後、昭和九年に封切った「佐渡情話」で一躍スター監督になったという。尾上菊太郎と山田五十鈴が共演した話題作で、菊池寛は、見た覚えがあるな、と思った。

永田雅一が話し終わったころ、京都にいる社員が、ひとりひとり菊池寛に挨拶をしにきた。

昼どきになったので、一同は食堂に場所を移すことになった。

正門の右手に擬音室や美術課の入った建物があった。その裏に食堂はある。かなり大きな食堂であった。長いテーブルがいくつもあり、幕の内弁当と汁椀が準備されていた。

こんどは菊池寛の周りに俳優たちが座った。菊池の前には、市川右太衛門と羅門光三郎が並んで座っている。となりに座る長瀬は、菊池、永田、そしてふたりの俳優たちの順番で茶を注いだ。

羅門は、右太衛門より顔が整っているように菊池は思った。しかし、どう見ても右太衛門のほうが個性をもっていると思う。

大映京都撮影所前にて。前列中央菊池寛と永田雅一

ふたりの話は、今回の「菊池千本槍」の役作りについてであった。まず作品を誉め、どのような気持ちで著者が菊池武重を書いたのか、また宮部鼎蔵は、ほんとうはどんな男だったのか、俳優たちは聞きたがっていた。

菊池寛は、ひとりひとりの疑問に懇切丁寧に答え、俳優たちを感激させた。

小林桂樹を主役に抜擢

その日を皮切りに、菊池寛は長瀬を連れ、何度も京都撮影所に通った。撮影が終了するまでに十回近く通ったかもしれない。

東京でも、多摩川の撮影所通いが頻繁に行われた。常に長瀬が傍にいた。心強かった。

大日本映画製作の東京撮影所は、以前、日本映画株式会社が所有していたが、昭和九年、その日本映画が倒産をしてしまったので、日本活動写真株式会社、いわゆる日活が買収し、日活多摩川撮影所と名前が改名された。そして、今は大映の撮影所になっている。

東京撮影所は敷地が四千坪近くあるが、京都の撮影所と似ているなと菊池寛は思った。場所は、東京府北多摩郡調布町大字布田小島分にある。皆は、調布撮影所と呼んでいた。

菊池寛は現代編の監督白井戦太郎と仲良くなっていた。最初に白井と出会ったとき、白井の話は、役者近衛十四郎の話題に終始した。近衛十四郎は、松方弘樹、目黒祐樹兄弟の父である。

近衛十四郎が二十歳のときに、白井が見初めて吉良の仁吉役に抜擢したという。その作品が「叫ぶ荒神山」だった。続く「天保からくり秘帖」で近衛十四郎は俳優として不動の地位を固めたと白井は菊池にいった。そして、ぜひ近衛十四郎のために作品を書いてほしいと、頼まれてしまっていたのだ。

現代編の主役、海軍中佐役は小林桂樹であった。小林はなかなかおもしろい男だった。休憩中も周囲に集まる俳優やスタッフたちを笑わせている。

小林桂樹は二枚目俳優としてスタートしたと長瀬から聞いていたが、水際だった二枚目ではなかった。

菊池寛は、その海軍中佐松尾敬字を美しい二枚目として書いたのだが、小林はやや丸顔で、中佐の持つ迫力のようなものは持っていなかった。しかし、小林桂樹はやや平凡だが、親しみを感じさせる力があった。菊池は、菊池神社を参拝する海軍中佐に親しみを感じていた。なるほど、この役者の起用は判らないでもない。

永田雅一と専務の河合が上海に行っている間に撮影はどんどんと進んでいた。

十一月半ばになっていた。そろそろ永田が帰ってくるはずだ、菊池寛はそう思っていた。長瀬からの報告では、永田からの電報によると上海の映画会社の協力をとりつけ、いい撮影所も見つかったという。機材も想像以上にいいものだといっているらしい。

その間に国内ではいろいろと事件が起こっていた。中野正剛が割腹自殺をはかり、出陣学徒壮行会が神宮外苑で挙行され、満州文藝春秋社が設立された。英国のチャーチル、米国のルーズベルト、ソ連のスターリンがエジプトのカイロで会議を開いて、日本の無条件降伏を要求すると決めたらしい。そこには中国の蔣介石の姿はなかったと菊池寛の耳には入っていた。

割腹した中野正剛は、若いときに東京日日新聞に入社した。その後、朝日新聞に移り政治記者として名をはせた男だった。そして政治家となり三年前に大政翼賛会の総務を引っ張る存在になっていた。日独伊三国同盟の支持者でもあった。敗戦の色が濃くなってきたこの時代、敗戦を憂いての自殺だったと菊池寛は聞いている。

菊池寛のエッセイ

年は昭和十九年に入っていた。永田雅一の大映の自室からは、真っ白になった東京の街並みが見えている。昨夜から降り始めた雪はやむことを知らないようであった。永田の手には、文藝春秋社から発行されている雑誌があった。『話の屑籠』昭和十九年二月号である。ちょうど菊池寛が書いた頁を開いたところだった。

戦争が苛烈となると共に、生産増強と並んで、衣食住の節約が、いよいよ大切になってくる。こうした生活の戦争化については、為政者はじめ指導階級の率先垂範が、最も大事であろう。盤珪《ばんけい》禅師という人は、元禄時代における名僧だが、ある時僧俗の結制を行っているとき、食用の味噌が腐り出した。大梁という弟子が老師のことを心配して、盤珪にだけは新しい味噌を出した。盤珪は、給仕の小僧に、「悪い味噌が皆になったので、新しい味噌を出したのか」と訊いた。すると小僧が、「悪い味噌はまだあるが、大梁和尚のいい付けで老師だけに新しい味噌を出した」と答えた。すると、盤珪は「それは、大梁がわしに物を食うなと、いうことだ」といって、大梁の詫びるのをきかず七日断食した。大梁も責任を感じて断食した。一座の大衆が驚いて取りなしたので、「大梁も断食しているのか、わしはともかく、大梁は食わずばなるまい」といって、ようやく物を食い出したという。この盤珪は、人間は「親の生みつけてくれた不生の仏心だけで、万事調うている。機につけて、我欲を出し、身のひいきをするから、迷いが出て凡夫になるのだ」と、いう簡単な法理で、偉大な教化を行った人である。

※

自分は、大映入社以来、大映作品のすべてに検討を加えて来たが、自分で企画した作品も二、三ある。そのうち、「菊池千本槍」は、昨年五月熊本へ行ったとき、シドニー攻撃の松尾中佐が、菊池一族の誠忠精神の籠《こも》る菊池千本槍を携帯していて、中佐の遺骸と共にその千本槍を収容した豪州海軍が、その光芒に心胆を寒からしめたという話を映画化したものである。映画の出来栄えも、自信があるものだ。本誌読者の中で、映画など平生見ない方も、ぜひ一見願いたいと思う。

※

今度の朝日文化賞は、自分の知人が多いせいか、適切な授賞であったという気がする。中にも、諸橋轍次博士は、数年前まで、自分の隣人であり、その学者的風格と精進とに、常に敬意を表していた人である。自分も同氏の大漢和辞典が、広く普及することを望む一人である。

「元寇の役」を映画に

永田雅一は小冊子から目を離し、腕時計を見た。左腕には金張りのオメガをつけていた。もうじき菊池さんが文藝春秋社から来られるはずだ、と永田は思った。

永田は、ぜひとも菊池寛に相談しなければならない、いくつかのことがあった。そのころ大映は「モンペさん」「雛鷺の母」「父子櫻」などの娯楽映画を企画していたが、戦況が激しくなるにつれて、情報局の事前の審査が通らなくなってきていたのだ。

川口松太郎に脚色を頼んでいる幸田露伴の原作『五重塔』の映画化も、戦局の緊迫しているなかで製作することに大きな決心を要した。新生新派の俳優たちに、女優逢初夢子を加えて京都で大がかりなロケをしなければならない。

幸田露伴が書いた『五重塔』は、明治二十五年ごろの新聞「国会」に連載され評判を取った小説である。

腕はたしかだが、愚鈍な性格から軽んじられた大工の十兵衛を主人公としている。〝のっそり〟という渾名《あだな》をもつ貧しい十兵衛が、上人を介し五重塔の棟梁になり、世間を見返すという物語である。資本主義が浸透してきた明治二十年代、不景気の後の貧富の格差の拡大に対するアンチテーゼが主題になっていた。

いま永田の耳には、この四月ころに情報局からすべての映画会社に〝あるお達し〟があるらしいとのニュースが入っていた。生産増強映画を作れという命令が下るというのである。松竹には、造船と石炭の二作品を、東宝には、製鉄に関する作品を、大映には、アルミニュームをあつかった映画製作を受け持たせるという、信憑性のある具体的な情報であった。

長瀬が菊池社長が社に見えたと報せにきた。

永田雅一は、急いで菊池のいる社長室に入っていった。専務の河合、監査役の眞鍋八千代と菊池先生が雑談をしていた。

永田は、河合、眞鍋と共に来客用のソファにすわった。秘書が三人の前にお茶をだしているところだった。

「今日、文藝春秋社で聞いたのだがね、永田君」

菊池先生は、永田の目を見ながら話しだした。

「『中央公論』や『改造』の編集者たちが多数検挙されたらしいんだよ。それに出版の事業整備命令がしかれるという噂だ」

永田は先ほど自室で心配していた情報局の話を、皆にむけて話した。

もうそういう時代になったんだね、菊池先生は、築地の方角を見つめていった。雪は降り続いている。それに緊急国民動員だって学徒動員だって発表されたんだ、会社だって誰が兵隊に引っ張りだされてもおかしくはないよ。菊池先生はつぶやくようにいった。

「生き残ることだよ、永田君。人間だって、会社だって、なにをしてでも生き残らなければならないよ、そうだろ。見栄や建前をいっているときじゃないんだよ。永田君」

永田は、菊池寛のいう言葉を聞いて、勇気が湧いてくるのを覚えた。そうだ、映画の製作を続けていけばいいのだ。自分たちにはそれしか方法がなかったはずだ。永田雅一は、自分らしくない悩みを一瞬でももったことを恥じていた。菊池寛先生の横顔を見ると何時《いつ》となく曇って感じられた。永田は、急に菊池寛が心配になった。なにが、といえばなにもない。しかし、なにか得体の知れない不安が襲ってきたのを永田は感じたのだった。

そういえば、五か月くらい前のことだった。京都の撮影所から帰ってくる汽車の中で菊池先生がいっていた言葉を永田は思い出していた。京都撮影所の千人に近い従業員の前で演説された次の日のことだった。

「永田君、きのうみんなの前で僕が話をしたろ、僕はうんざりしていたんだよ。京都だけでも千人にものぼる従業員がいる。大映の総従業員の数は二千人というじゃないか。永田君。京都の会場で彼らを眺めていていてね、これだけの人々と家族を養っていくのかと思うとうんざりしてしまったよ」

その菊池先生の素直さに、永田は敬服している自分を見ていた。

紙がなくて雑誌を廃刊

「二月には決戦非常措置が発表されるらしい、という噂を聞きましたよ」

右目のほうがやや大きい眞鍋八千代が、その目で三人の顔を見まわした。太い眉、大きな鼻が妙に動いている。

「いや、昨夜、松竹の大谷竹次郎さんと一緒に銀座に出たんですわ。浜作で飯食って、エスポワールに寄ったんですわ。そしたら浜作の女将もエスポのママもみんな三月で店を閉めるというんですよ」

専務の河合龍齊は、右のひとさし指で丸い眼鏡を少し上げながら、なにか物悲しそうな顔をしている。鼻の下に八の字形の髭を蓄えた真面目そうな顔つきの河合がこのようなことをいうとき、いつも永田は愉快に思った。

「僕も昨日の夜、銀座の〝いわしや〟で飯食って、ルパンで里見弴《さとみとん》や太宰君と飲んでいたんだよ。いわしやもルパンも閉めるそうだ」

菊池先生はまったくお酒を飲めないのだが、そういう所で人とつき合うのがお好きなようだ。

「じゃあ、どこに行けばいいんですかね」

眞鍋がそれにこたえていった。

「だめなんですわ、国からお達しが出ていて、カフェやバー、待合から高級な料理店、みな休業指定が出されているらしいのですわ」

河合の話が続いた。

「それに、大谷竹次郎さんの話では、この四月で歌舞伎座も帝劇も日劇まで閉鎖しろといわれているらしいのですわ」

その話は少し前に永田の耳にも入っていた。

大きな箱ばかりでなく、小さな映画館まで閉館の命令が出てしまえば、映画を作っても意味がない。この悩みが大きくなって今日の悩みになっていたのだ。菊池先生の話を聞いて、なんとか心が折れるのを永田はくい止めたが、悩みのもとが完全に消えてしまったわけではなかった。

「永田君、先のことを悩んでもしょうがないじゃないかね。どんな店や仕事でも人間たちは食っているんだからね。うちの社なんかいいほうだよ、君。今日、文春に行ってきたんだが、紙がないいんだよ。しかたがないから、四月から『文藝讀物』と『文學界』を廃刊することに決めてきたところだ」

菊池先生は断腸の思いを顔に表していた。

「永田君、悲観していても意味がないんじゃないかね。いまから役員たちを集めて、今後製作していく映画のことを話したらどうかね」

永田は長瀬を呼び、いま社にいる役員たちに招集をかけた。

大映も創立頭初には二千二百名を超える従業員がいた。しかし、二年後のいま、五百名に近い人たちを戦地に送っている。それに、興行成績は優秀だったが、資材その他、すべてが悪条件になっていた。ぎりぎりの資材で製作しなければならない。また、内務省や情報局の審査が厳しく、企画の範囲もせばめられ、不自由この上もなかった。

会議室には、緊急の招集にもかかわらず、八割に近い役員が顔をそろえていた。

まず永田から口火を切った。いま製作途中の「血の爪文字」は、情報局からの命令製作で生産増強映画にきりかえること、大映に指定されるであろうアルミニュームの増強を扱った内容に脚本の一部を変更したこと、しかし、国益のためとしても決して手を抜かず、大衆をおもしろがらせるように製作部に命じてあること、この映画は、四月に封切りを決めていることを永田は皆に伝えた。

また同時に、ガダルカナルの玉砕部隊を思わせる「肉弾挺身隊」の撮影に踏み切ったこと、女優の水谷八重子が劇団から大映にきてくれたので「小太刀を使ふ女」で彼女を主役で使っていること、「河童大将」と「小太刀を使ふ女」を八月に封切ることを決めたとつけ足した。

八月以降の製作に関しては、まだ何も決まっていなかった。今年に限っては、九月、十月の二か月間は何もできないのではないかという不安が永田雅一にはあった。

突然、菊池寛が立ち上がった。

「諸君、君たち、いま永田君が大いに悩んでいるのが判るかね。誰でもいいんだ、企画があっての映画会社なんだから、企画を出さなきゃならないんだよ。誰かが考えるだろうとか、こんなご時世だからとか、思わないでもらいたい。僕はね、いま企画をだすよ。元寇《げんこう》の乱を映画化するんだ。こんな時期だからいいんだよ」

菊池先生は、皆を確認するように一人ひとりの顔を見て、一息ついた。癇癪で菊池先生の顔の色が赤かった。

「僕は決めたよ。『元寇の乱』を作る。館岡謙之助君に脚本を任せたい。それに演出、メガホンを持つのは、丸根賛太郎君に頼みたい。俳優陣は、阪東妻三郎君に月形龍之介君、片岡千恵蔵と市川右太衛門両君も外しちゃだめだよ。豪華四大スターなのさ。こんなときだから大衆は豪華な娯楽を待っているのだよ。永田君、それに諸君、僕が率先して作るよ。だから準備をしてほしいんだ」

一瞬、菊池先生の迫力に皆押されているようだったが、皆の顔に赤味がさしていくのが永田にはわかった。永田の顔も熱くなってきたからだ。そうだ、映画を作るんだ。またまた永田は、父親か兄貴のような菊池に助けられた気持ちを覚えていた。

短編小説のお手本

菊池寛は長い廊下を通り、障子を開けて、茶の間に入った。もう卓袱台には朝食の準備が整っている。菊池が座るなり、妻の包子がお櫃《ひつ》からご飯をよそった。雑魚《じやこ》と目刺が皿に盛ってあった。熱々のジャガイモの味噌汁を多恵が運んできた。

菊池は、食事を摂りながら妻に話しかけた。

「昨日、嶋中君に会ってね」

包子は、醬油を胡瓜の浅漬にかけながら、

「中央公論の社長さんの嶋中さんですか」

と、訊き返した。

「そうだよ、中央公論の嶋中君だよ。七月に『中央公論』も『改造』も廃刊したろ、それに両社ともに社を解散させられたろ、嶋中君も文藝春秋社を心配してくれているんだ。それから、昨日、大映の長瀬君から電話があってね、今日どうしても僕に会いたいらしい。十一時過ぎにくるといっていた。最近は文春の連中も大映の監督や俳優、事務系の連中もどんどんと応召されているから、もしかすると長瀬君に赤紙がきたのかもしれないね」

茶の間の障子は、すべて開けられていた。暑い夏も終わって、秋に近づく風が入ってきた。縁側から庭を見ると小さな畑が作られている。妻包子が今年に入って作った畑だった。鶏も、そこここの土を啄《つい》ばんでいる。畑には、茄子や胡瓜がなっていた。食卓に出された胡瓜の浅漬は、この畑でできたものらしい。

菊池寛が長瀬の話をしていると、女中の多恵がそっと茶の間から出て行った。菊池には、何か多恵の緊張するのが伝わってきた。包子も訝《いぶか》しげに多恵の後ろ姿を見ている。

「お母さん、そろそろ東京も危ないと思ってね、宇都宮の船田享二君に手紙を送ったよ、彼だったら、大人数でもなんとかできると思ってね。そしたら昨日返事がきた。どうぞ何人でも疎開してくださいといってきたよ。うちは女が多いだろ、女たちを全部頼むと返事を出しておいた」

包子も相槌《あいづち》を打っている。了解したらしい。

菊池寛は、茶を飲み終えると二階の仕事部屋に戻った。白鳳出版社から本を出したいと頼まれていた。短編集である。半年近く前に頼まれたことだった。

中央公論は政治的な理由で廃刊を余儀なくされたが、他の出版社は紙が手に入らない。文藝春秋社だって、そのために小説雑誌を二冊出せなくなってしまった。頼まれているものの自分の本は出版できるのだろうか。まあいい。とにかく仕事をしていればなにも考えなくていい。

菊池寛は、今朝早くからその本のために小説を書き始めたのだった。

何本かは、雑誌に書いた作品があったが、一冊にするまでの数はなかった。二、三本は書きおろしておかねばなるまい。

机には、書き始めた三枚の原稿がある。題名は『たった一人の男性』とつけてある。今朝書き出した原稿を菊池寛は、読み返してみた。


その頃、自分の家に、並岡さんと中條さんと云ふ二人の女中がゐた。女中と云ふのは、適當でないかもしれない。二人とも、自分を慕って來た文學少女で、女學校の卒業生であった。女中が払底《ふってい》してゐた頃だったので、炊事や家事をやって貰ってゐたのである。

中條さんは、顔立ちのとゝのったまづ美人と云ってもよい人だった。並岡さんも、色白の眼の大きい人だつたが、額《はえ》ぎはなどが、少し間伸びをしてゐた。でも十人並の器量と云ってもよい人だつた。

文學少女などは、大して家事には向かないものであるが、二人はどちらかと云へば役に立つ人だつた。

中條さんは、一年位ゐる裡《うち》に、自分の家に出入りしてゐた青年作家と戀愛して、すぐに結婚した。自分は、あまり賛成でもなかつたが、止《と》めもしなければ、すゝめもしなかつた。

並岡さんの方は、少し風變りな性格であつたから、戀愛などには縁遠いやうに見えた。それにその容貌も男性をひきつけるやうな、積極的な魅力はなかつたのである。

が、ある晩、並岡さんに一つの事件が起つた。それは、私の家に歸《かえ》つて來る途中に並岡さんは暴漢に襲はれたのである。今から二十年も前の事だから、私の家の界隈は今よりも、ずーつと淋びしかつた。雑司ケ谷の森に近かつたし、家も疎《まばら》で、生垣なども多く、狭い道路はいくつにも岐れてゐて、夜も十時近くなると、往來の人も少かつた。

ここまでが、今朝書いたところであった。菊池寛は、護国寺に近い雑司ヶ谷邸に移り住む前に住んでいた、〝金山御殿〟といわれた家を思い出しつつ書いていた。

菊池寛の創作術

さて、と菊池寛は万年筆のキャップをまわした。開けた窓の外からは、日暮の声が聞こえてくる。高松にいた子どものころ、この日暮の声を聞くたびに淋しい思いがした。淋しかったのではなく、焦りに近かったのかもしれない。菊池寛は、また原稿にむかった。

並岡さんは、九時頃大塚仲町で電車を降りて、歸って來たらしいが、途中で、一人の男につけられた。彼女は、眞面目な女性であつたが、どつかにそゝつかしいつゝしみの足りないところがあつた。彼女は、つけられてゐるのを意識すると、丁度貂《てん》が物に追はれた時、しば〳〵後をふり返るやうに、いく度もふり返つたらしい。彼女は、狼狽し當惑《とうわく》した結果、あの小動物のやうに、思慮なくふるまつたのである。それが、一層追跡者の好奇心を煽《あお》つたらしい。

追跡者は、並岡さんを、私の家の近く、後二十間位の狭い道路の上で、捕へたのである。そして並岡さんを挑《いど》んだ。

が、その男も、有無を云はさず暴力を用ゐるやうな男ではなかつたと見え、先づ並岡さんを言葉で挑んだらしい。彼女は、むろん拒《こば》んだ。「私には主人があるから」と、云つて拒んだ。往來でさうした行為にでられた以上、聲《こえ》を揚《あ》げるか、かけ出すかすれば、いゝのであるが、並岡さんはちやんといい譯《わけ》を考へて拒んだらしい。

さうした押問答は、二十分近くもつゞいた。到頭《とうとう》相手は暴力を用ゐようとしたので、並岡さんは地上に坐り込んで、それを拒んだ。

ところが、その道は淋しいと云つても、すぐその前に家があつた。しかも、ここで、オノトの万年筆のインクが擦《かす》れた。菊池寛は、インク壺の皿を手前に引いた。その皿には、青のインク壺と赤の壺が載せられている。菊池寛は、青のインクをスポイトで万年筆に注入した。そして、また「しかも、」をなぞるように続きを書き出した。

往來の巾は一間もない。目の先に家があるわけだ。三間《ま》位の小さな家で、老夫婦が住んでゐた。並岡さんが、聲をあげれば、すぐ出て來たかもしれないのである。また、私の家も、二十間位の近さだから、聲を上げながら走り出せばよかつたのである。

たゞ、並岡さんは、女性としての羞恥《しゆうち》と、相手を拒む勇氣が足りないために、事件を伸してゐたらしい。

小家の老夫婦は、初から並岡さんの遭難に氣がついてゐた。たゞ話が物やはらかなので、最初は若い男女の逢引《あいびき》だと思つてゐた。が、十五分二十分と經ち、相手が暴力的になり、並岡さんの抵抗がはげしくなつたので、やつと眞相に氣がついて、近所の交番へ通知したのである。交番は半町と隔つてゐなかつた。

お巡りさんが、かけつけると同時に、暴漢は逃げてしまつた。

並岡さんの遭難事件は、私の家で論議の種《たね》になつた。あまり不甲斐ないと云ふのである。

つひ一間位のところに人家があるのになぜ聲を立てなかつたのか。聲を立てながら、二十間とはない私の家に、馳《か》け込まなかつたのか。なぜ「私は主人がゐるから」と云つたやうな馬鹿な云ひわけをしたのか。なぜ、路上の暴漢に對《たい》する態度でなく、いくら顔見知りの男性に、挑まれた時のやうな、微温的な態度しかとれなかつたのか。

だから、並岡さんに對する同情には、いく分非難が交《ま》じつてゐた。

もちろん、それは未遂に終つたらしい。しかし、とにかく二人ぎりで、二十分間以上、もみ合つた上、男性が暴力に出ようとしたのだから、處女《しょじょ》である並岡さんにとつては、相當の刺戟《しげき》を與《あた》へたらしい。

並岡さんは、その當座心身の上に、そのショックの名殘りを止めてゐたやうである。が、並岡さんは、間もなくそれから恢復《かいふく》して、なほ一、二年は私の家にゐたやうである。

人間を描くのが小説

風が窓のカーテンを揺らした。積んでいた新しい原稿用紙の幾枚かが風に乗って、板敷きの床にひらりと舞った。菊池寛は気がつく様子もなく書き続けている。もう、四百字詰め原稿用紙一、二枚で終わりそうであった。

並岡さんは、私の家を出てから、時々私の妻を訪ねて來た。妻の話に依《よ》つて、並岡さんは高等學校から大學に進んでゐる弟のために、働いてゐることが分つた。

その後十年か、並岡さんは、私の家に來なかつた。戰爭が始まる一年前に、並岡さんは久しぶりに、私の家に訪ねて來た。驚いた事に、並岡さんは、まだ結婚してゐなかつた。もう四十をこしてゐた。その青春を弟のために、犠牲にしたのである。その代り、弟は大學を卒業して、ある名士の娘をお嫁にもらつてゐるさうであつた。並岡さんは弟夫婦と同居してゐた。私は弟の家庭に在つて、並岡さんの立場が恵まれてゐることを祈つてゐた。

ところが、終戰後訪ねて來た並岡さんの話によれば、その弟は、今度の戰爭で戰死したさうである。


菊池寛は、ここまで書いてきてペンを止めた。最後をどうしようかと思案するためでもあったが、玄関のドアの音がしたからでもあった。

長瀬だな。菊池には、なんとなく判っていた。心の中では、昨夜の電話の後から、ずっと長瀬の来訪を待っていたのかもしれなかった。

女中の多恵が仕事場のドアに依りかかるように立って、「長瀬さんが、おこしです」という。多恵はなんだか元気がない。

「もう少しだけ待っていてもらってくれ」

と、菊池寛は、また原稿にむかった。

並岡さんは、私の家にゐた頃が二十一、二であつたから、今年は四十五、六になつてゐるだらう。一生を弟のために犠牲にしてしまつたわけである。

結婚をしなかつたばかりでなく、恐らく一度の戀愛もしなかつただらう。

かうなつて見ると、……彼女を求めた男性は……彼女に身近く迫《せま》つた唯一の男性は、二十餘年前の路上の暴漢たゞ一人だけと云ふことになる。さう考へると、私は彼女のために、暗然たるものを感じる。

彼女が、無下にその男を退《しりぞ》けなかつたのも、必死にその男を振り拂《はら》はなかつたのも、かうした運命を、彼女が無意識の裡《うち》に感じてゐたためかも知れない。

菊池寛は、その行の最後に（完）と入れた。オノトのペンにキャップをして、机から立ち上がった。オノトは、菊池寛の愛用する万年筆であった。後で、もう一度読んで直そう。菊池寛は、そう思って懐に煙草とライターを入れた。大きな灰皿に、原稿を書いていたときに吸った煙草の灰がうず高く山となっていた。

召集令状

菊池寛は長瀬の待つ広間に入った。長瀬は背広姿できちっとネクタイを締めていた。いつもと違って緊張しているようである。菊池が現れるまでずっと立っていたようでもあった。

菊池は、長瀬にソファをすすめた。しかし、長瀬は座らずにいた。

「菊池先生、僕に召集令状が参りました。南方です。今日この足で郷里の淡路島に帰ります。歳をとっていますが、両親に顔を見せてやりたいと思います」

菊池は、なんと言ってやればいいのか判らなかった。がんばれよも、菊池自身の気持ちに反している。

「生きぬいてくれよ」

これが精一杯の言葉だった。

「うちの英樹もいま北海道の江別に行っている。甲種合格というやつだ。ただし、理科系だし、帝大の二年生だから陸軍の依託学生になったんだよ」

菊池寛はなんとか話を遠ざけようとしたが、無意味であることは判っていた。

「先生の息子さんも兵隊ですか」

長瀬は気の毒そうに菊池に顔を向けた。

「そうなんだ、いまから思うと英樹のいったことに耳を貸しておけばよかったと思うよ。英樹は、マサチューセッツ工科大学に入りたかったんだよ。なぜ、あのとき僕は止めたのかよく覚えていない。たぶん妻が止めてくれといったからだろう」

事において後悔しないと公言している菊池寛の、珍しい後悔の顔だった。

「このあいだ英樹から手紙がきた。いま江別の王子製紙の工場にいるらしい。もう日本には、木と紙しかないんだよ。長瀬君。英樹は、木製の飛行機の構造テストをしていると書いてきた。それに、以前アメリカのテクニカルレポートや軍事レポートを読んだとき、両国の間に生産力や技術力の差がありすぎるというんだよ。敵さんには、大きなタイヤを履く車がたくさんある。日本には、そんなものないんだ。ひとつとってもこんなに差があるんだよ、君。これだけの差があれば、この戦争には勝てないと書いてきた。僕もそう思う。だから、君も無理をしちゃいけないよ。なんとしてでも生きなきゃいけない」

菊池寛の両眼に涙が溜まっていた。

祥子が料理を運んできた。山菜の天ぷら、卵焼き、銀杏の土瓶蒸しと続いた。

「長瀬君、出来るだけ早く帰ってこいよ、そのころにはもっとたくさんの料理を作るからね」

長瀬は恐縮していた。

多恵が長瀬の好きな酒の熱燗をつけてきた。祥子が多恵に長瀬に酒をつぐように手で示している。

「イギリスの飛行機は、ジュラルミンでその胴体を作っているのだがね、もう日本にはジュラルミンがない。その材料になるボーキサイトがないんだね。これじゃあ勝ち目がない。木製の飛行機といっても、ベニヤ板と紙で作っているんだよ」

話をしながら菊池寛は煙草とライターを長瀬に差し出した。煙草はキャメル、ライターにはコリブリと書かれていた。

「これはオイル式のライターだよ。これを長瀬君に預けておくよ。かならず帰ってきて、僕に返してくれたまえ」

ふたりは一時間以上話していただろうか。別れを惜しむように長瀬は立ち上がった。

「菊池先生、菊池寛先生。僕は幸せ者です。僕は先生の大ファンでした。その先生とお仕事ができるなど、夢にも思いませんでした。長瀬博一、かならずこのライターをお返しに参ります」

玄関ホールで靴を履いている長瀬に、多恵がそっと風呂敷包みを渡した。そして「千人ではありません。私ひとりですから、一人針です」か細い多恵のせいいっぱいの声であった。

東京空襲

永田雅一は、渋谷区広尾の自宅にいた。閑静な住宅街である。近くには、日本赤十字病院や広尾病院などがあった。

七月に東条内閣が総辞職し、八月には、日本軍がグアムで玉砕、九月には、ドイツ軍がパリで降伏と相次いで悪いニュースがあった。そして、先月、十月に米機動部隊が沖縄を攻撃してきた。レイテ沖海戦もあった。

ラジオは朝から東京の空襲を報じている。日本本土への空襲は昭和十九年末ごろから激しさを加え、終戦の翌二十年八月まで続くことになる。

この日の空襲では、隅田川沿いが壊滅的にやられたらしい。いつぞや八丁堀の自室で見た雲のように、東京湾から敵さんの飛行機の隊列が東京上空に入ってきたようである。築地も月島も深川も、雨のように降る焼夷弾によって火の海だとラジオが語っている。明治座のある人形町もだめらしい。大映のある八丁堀はそのど真ん中にあった。

電話があった。友成恒次からであった。友成は長瀬が出征した後、長瀬の代わりにと永田が選んだ男である。長瀬のように機転は利かないが、朴訥《ぼくとつ》な性格は菊池先生も気に入っているようである。

友成は、今朝八丁堀に出社したが、大映本社の入っている早川ビルに近づくことができないといった。話によると大映のビルは大丈夫らしいが、周りがほとんど全滅の状態らしい。

永田雅一は、友成に「いまどこにいる」と聞いた。友成は「京橋にある日活のビルで電話をしている」といった。京橋区京橋三丁目、八丁堀にある大映ビルから歩いて数分の場所に日活のビルがある。鍛冶橋通りのひと筋裏にあり、白魚橋の近くである。大映のビルより一まわり大きい日活のビルを永田は思い浮かべていた。よし、日活のビルに移るぞと永田雅一は決意していた。

第三章　終戦・退任・そして、菊池寛の急逝

新本社ビルと東京大空襲

この四か月の間に戦況は、日本にとって著しく不利な状況になっていた。大映は、八丁堀の本社を捨て、日活の持つビルに本社を移した。といっても、八丁堀のビルとは、さほど距離は離れていない。日活のビルは、東京駅ともとの八丁堀の本社ビルの中間くらいに位置していた。東京駅や銀座に出るにも、ものの五分も歩けばいい。

日活のビルは、もとのオフィスと同じような四階建だったが、二社が同居するのには大きさは充分にある。黒いビルだった。窓は京橋川に面して各階に十一ずつ並ぶ。ただ、長方形のなんの変哲もない窓であった。大映の本社は、その日活本社ビルの三階、四階に移った。

昭和二十年五月も下旬に入り、二十四日になっていた。

永田雅一の自室の窓は、前のオフィスと同じ方向をむいていた。しかし、違うのは周囲にビルが多く、見晴らしがわるかった。同じといえば眼下に京橋川があるくらいだ。

この五月になってみれば、あのとき移転を決定していてよかったと永田雅一は思う。

本社は、昨年十二月に慌ててこのビルに移転した。今年に入って一月にはアメリカ軍がルソン島に上陸。大本営は、本土作戦を決定した。二月は、ヤルタでソ連の対日参戦が決められ、三月にすさまじい東京大空襲があった。去年十二月の空襲もひどかったが、その比ではなかった。新聞には、東京で二十二万戸以上の家が焼失されたと書かれていた。そして、大都市の疎開強化が決定された。

以前の八丁堀の大映本社ビルは、そのときの大空襲で半壊してしまった。もし、あのとき移転を決定していなかったらと思うとぞっとしてしまう。それを考えると、永田雅一は鳥肌が立つのを覚えた。と同時に、自身の運のよさも感じていた。

八丁堀のビルは、修繕をして大映別館として使うことにした。

硫黄島の全滅は、いまから二か月前の三月だった。そして、四月に連合軍が沖縄に上陸し、この五月には、ベルリンをソ連軍に占領されたドイツが無条件降伏をした。

永田は、先月四月の大映の企画会議で、菊池先生が情けなさそうにいわれた言葉を思い出した。

「永田君、『文藝春秋』はもう発行不能なんだよ。三月号のあとは出せないんだ」

自分の子どもを亡くした父親のようなお顔だった。

菊池寛先生のいる出版界も大変な有様のようだが、わが映画界も大変である。

思えば、昨年十一月以降、東京空襲は激しさを加えてきており、いつまた米軍の編隊が襲ってきて先の三月十日の大空襲のようなことをしかけてくるかわからないからだ。空襲警報が鳴るたびに、映画館はすぐに映画を中止しなければならないし、観客を帰宅させなければならない。そのような状態が続いている。

引っ越し先の日活ビルの各窓には、外に明かりが漏れないようにと、黒い紙が貼られてあった。

菊池先生も僕も、このくらいのことで敵機を誤魔化せるわけがないと話すのだが、〝国のお達し〟とあれば逆らうわけにはいかない。

もう窓の外は暗くなっていた。戦争前には華やかさを競っていた銀座や日本橋のネオンも、いまは点ける者がいない。この日本の中心街はこうも寂《さび》れてしまったか、うら淋しいばかりだと思う。

永田の部屋の天井にある電気はすべて消してあり、デスクの上のスタンドとフロアースタンドだけしか点けてはいなかった。

日活と同居時代の大映（昭和20年）

大映が松竹と東宝を援助

大会議が開かれた。第一回計画委員会で、議題は山ほどあった。

永田は、会議室の窓という窓を全部開け放たせ、五月の風を室内に入れようとしたが、凪いでいるのか、それともビルがかわって風通しが悪くなったせいなのか、例年と違って爽《さわ》やかな風が入ってこなかった。

大映本社には百名近い社員が勤務していたが、このところ出勤率は低下する一方で、六割程度になっていた。大会議と称しても、出席できない役員連中も多く、永田は寂しい思いを味わっていたが、その一方では、地方から上京して出席している委員もいて永田を喜ばせた。

菊池先生はとても律儀で、どんなときでも会議には必ず顔をだしてくださっている。

この年になって松竹や東宝が悲鳴を上げだした。大映は、五月一日に所有していた電気館ほか三館の直営館を松竹に渡し、残る三十館を日活に委譲するという思い切った手を打った。直営館を整理し、製作に徹するという道を選択したのである。

松竹や東宝は、大映と違って興行にウェイトをおき、製作は〝従〟という方針をとっていたが、両社ともに映画配給会社からの配分金だけでは会社を維持することができなくなり、この五月、六月、七月が〝ヤマ〟といわれた。

大映が直営館を持たない製作だけの会社にした永田の決断は、当時としては正しかったが、戦後、日本が復興して映画が娯楽の王者となった後、昭和三十五年に映画人口が天井を打ち、映画が斜陽化するようになると、一転してマイナス要因として働く。立地条件のいい場所に直営館を多数持っていた東宝、松竹が斜陽時代を生き抜けたのに対し、それらの数が少なかった大映と日活は倒産することになるのだ。

国策で映画会社が三社になったとき、三社間で密約が取り交わされていた。それは、「松竹、東宝、大映の三社間では、それぞれが配当金額にある限度を設け、その限度額を上回った会社は限度額に達せなかった会社に配分を援助する」という趣旨の申し合わせであった。

その密約に従えば、限度額を上回っている経営状態の大映が、そうではない東宝と松竹に配当金を分配しなければならない。

紺色の着物に茶色の羽織をまとった菊池寛先生が、顔をくしゃくしゃにして嬉しそうにいわれた。

「永田君、大映も偉くなったものだね。松竹や東宝に援助してやれるようになったんだからね」

「同感ですな、九百万円の借金も払い終えましたし、菊池先生、いかがでしょう、東宝、松竹両社に七十万円ぐらいの配当金を贈呈したいのですがね」

「異議はないよ。永田君、感無量だねえ」

「先生、感無量ですな」

永田と菊池のやりとりを聞いて、居並ぶ参加者たちもほっとしているようであった。

しかし、今はいいとしても今後のことは誰にも予想がつかない。「一寸先は闇」の状態が続いており、前途を期待している者は誰もいなかった。

「このような苦しい状況の中でも、今年のわが社の正月映画は大当たりでしたな。『狼火《のろし》は上海に揚《あが》る』が大変な功績をあげました」

永田雅一は、得意げにいって茶を口に含んだ。

「狼火は上海に揚る」は、大映と当時中国にあった映画会社中華電影公司との提携による日華国際映画の大作であった。

俳優も日本側から阪東妻三郎、月形龍之介が、それに対し中国側からも李麗華や王丹鳳などのスターが出ての共演だった。

永田が、もうひとりの専務河合と上海までいって直接交渉にあたって製作まで漕ぎつけた映画なので、永田の感激もひとしおだった。

しかし、厄介な問題もかかえていた。天井知らずに上がるインフレの上海撮影のために、映画の製作費用が莫大なものになっていたのである。「狼火は上海に揚る」の場合、製作費は三百万円を突破し、日本映画の製作費としては空前のものとなった。

それに加えて昨秋から今年にかけてのインフレもひどく、映画製作もその影響をもろに受けた。資材難に人材難が重なって、製作費は膨張の一途をたどったのだ。

たび重なる空襲で鉄道や道路などが被害を受け、本社と京都撮影所の連絡も容易ではなくなり、資材やプリントの輸送にも苦心せねばならなくなっていた。

東京撮影所では映画づくりどころではなくなっていた。東方防衛司令部の過激分子が所内の一端を占拠し、防衛事務を開始したのである。さらに空襲で中島飛行機の三鷹工場が壊滅されると、その代理工場として東京撮影所が強制的に接収され、第三ステージ、第四ステージには旋盤が持ち込まれる始末だった。

空襲で軍港や軍需工場が爆撃される様子から推して、米軍は現在の日本の状況をすべて把握しているように永田には思えた。もしそうなら、軍需工場化した東京撮影所もいずれ空襲の標的にされてしまう。もし空襲にあったら、すべての製作は京都撮影所でやらねばならなくなる。そのことが永田の心配の種だった。

大映は、とうとう資材難に陥《おちい》った。生フィルムが激減し、映画製作にも支障をきたした。永田が調べてみると、大映以外の映画会社も同じような状況になっていた。

国民の楽しみは娯楽映画

国策の名のもとに、全国に千八百あった映画館が七百館に整理された。七百館といっても大日本映画直営館だけでも十七館が休館し、しかも空襲があるたびにその数は確実に減っていく。一月には五館減り、三月には一挙に百館が消失して、五月までに計二百二十四館もの映画館が姿を消したのだった。

毎日のように空襲警報が鳴り響く戦時下で娯楽を奪われた観客たちは、現実の生活が切迫すればするほど、理屈抜きで楽しめる娯楽映画を求めていた。国は、戦意発揚映画以外に、

〝恤兵《じゅっぺい》映画〟という名目で、純然たる娯楽作品の製作も認めていた。

永田雅一は、三大スターを使った豪華娯楽映画「東海水滸伝」を製作した。片岡千恵蔵扮する森の石松と清水の次郎長役の阪東妻三郎、それに市川右太衛門の小松七五郎である。メガホンを取ったのは、伊藤大輔と稲垣浩だった。〝大衆映画の巨匠〟のふたりが共同監督したのだ。おもしろくならないわけがなかった。

永田雅一は、提案したいことが二つあるといって口を開いた。

「菊池社長、ご参加の皆さま、この戦争がどうなるか誰にもわかりませんが、提案させてもらいます。大日本映画製作株式会社という名称をそろそろ考えたいと思っております。この三年で、観客は大映という愛称をつけてくれています。この戦争の決着がついたところで大映株式会社としたいのですな」

永田は、次のテーマに移った。

「もう一つの提案は、この日活のビルです。あんな状況でひとまずここに引っ越してきましたが、そう長く日活に甘えてばかりはいられませんな。総務の友成と物件を探しておりましたが、ちょうどこのビルの近くに売りたいというビルがありましてな。まだ交渉はしていませんが、場所がいい。ここからですと中央通りを左に曲がって、京橋川の手前の右手になります。市電二十四番の京橋駅の前ですな。あのビルを直して使えば、本社にはぴったりすると思います。地図は後ほど友成がお渡ししますが、京橋三丁目二番地です。銀座一丁目と隣接する商業地区になりますな」

永田は、同意を求めるように皆を見渡した。

「賛成です」

菊池寛の声が聞こえた。それをきっかけとして、皆がくちぐちに賛同の意を伝えた。

「賛同します」

もうすぐ戦争に決着がつく、日本は敗けるなどとは永田もさすがにいえなかった。しかし、会社としてはそういうことも含めて先を読んで行動しなければならない。

永田は話題を変えた。

「菊池社長が、作家の里見弴《さとみとん》先生にお願いしてくださった作品の製作は、京都で快調に進んでいると報告をもらっています。これは、私費まで投じて広島の宇品《うじな》軍港を作った当時の広島県知事、千田貞暁《せんださだあき》の伝記ですな。それでは、菊池社長から皆さんにご報告いただきましょうかな」

菊池が永田と入れ替わりに立ちあがった。

「諸君、里見君の小説『宇品港』はなかなかのものだよ。映像にしてもいい。ただし、題名は映画としてよくはないね。小説ならかまわないだろうが、映画の観客には、力がたりなさすぎるよ」

菊池は、立ったまま、お茶を飲んだ。

「それで、僕は夕べ考えたのだがね、『生ける椅子』としたいと思っている。映画の題名は、ミステリーでなければいけない。ひとの人生を描くのもミステリーなんだ。ミステリーがひとを引きつけるのだよ」

そういいながら、菊池寛先生はちぢれた髪をぼりぼりとかかれた。

「永田君のお陰で松竹女優の高峰三枝子君が出演してくれたそうじゃないか、阪東妻三郎君との共演はいいね」

その言葉を永田は心地よく聞いた。

「脚本作家はどうもいけない。台詞《せりふ》がまずいんだな。それで、僕は、里見君に脚本もどうかねといったんだ。そしたら、里見のやつ、すぐに京都撮影所に飛んで行ったよ」

永田雅一は、椅子を蹴って立ちあがった。

「諸君にも事情をわかってもらいたい。今年は、資材難でもあるから、映画製作に限りがある。例年の本数より半減するのは間違いない。いま『生ける椅子』と同時に『花嫁太閤記』を製作中だ。東京の撮影所は、ほとんど役にたたない。このへんが精一杯だろう」

会議は、作品の話から、収支報告、今後製作予定の作品の製作費報告、以前に製作した映画の製作実費報告、宣伝方法と宣伝費などに移っていった。

永田雅一は帰り仕度をしていた。大きな机のスタンドの明かりを消して、フロアーハンガーから背広の上着をとった。

銀座、青山、新宿、渋谷炎上

翌朝、五月二十五日の朝方だった。空襲警報がけたたましく鳴り、いつものようには鳴りやまないでいた。最近は、妻の文子も永田自身も、いつでも飛びだせるような身仕度をして寝ている。

枕元においた防空頭巾をかぶり、文子が永田の背をゆすっている。どうも敵さんが来たらしい。しかし、いつもとは少し違っていた。いつもなら、警報が止み、やれやれとなるところだが、その日は警報は止まず、広尾や渋谷の上空から飛行機の唸り声が聞こえてくるのだ。

永田は防空頭巾を持ち、秀雅をおぶう妻の文子の手を引くようにして、防空壕にむかった。

この日の東京の上空には、無数のアメリカ軍の飛行機が飛び交っていた。東京は最後の大空襲を受けていたのだ。それまでの空襲で被害の浅かった銀座、丸の内、青山、渋谷、新宿と、ありとあらゆる東京の中心地が標的になり、ひと夜のうちに東京は瓦礫と焼け野原と化していった。

会議に出席していた地方からの上京委員の中には、九死に一生を得るような目に遭ったものもいたし、家を失った社員も多くいた。

十数時間前に大会議をおこなったあの会議室も炎上し、焼けただれたコンクリートの床があるのみであった。

しかし、まだこのとき、防空壕の中で妻の文子の背中をさすりながら耐えていた永田雅一には、その状況を知る由もなかった。

本家は「武」の字、分家は「樹」

菊池寛は、いつものように五時少し前に目が覚めた。ふだんならば朝原稿を書き、その後、人と会う毎日であったが、終戦間際には、会う場所もなくなってしまっていた。この雑司ヶ谷の家に来てもらって話すしかなかった。その癖がいまだにある。以前と違って、夜も原稿を書くときがあった。宇都宮に疎開をしていた妻包子も、長女瑠美子や孫の貴美も疎開先から帰ってきていた。勝手が違って、困っているのだろう。終戦から一年近くもたっているのに、この癖はなおらないでいた。

この雑司ヶ谷の家は、空襲からまぬがれていた。東京市外にあったため、的《まと》にはならないですんだのだ。

終戦前後の数か月は楽しかった。自分の家族が宇都宮に疎開をしている間、この大きな洋館には多くの家族たちが逃げ込んで住んでいた。知り合いの印刷所の夫婦もいたし、結局大所帯の家族みたいな者たちが、空襲を恐れ、食糧を分かち、身体を寄せ合って、この家で生きてきたのだ。

皆が危険だからというものだから、寝室を仕事部屋の隣にある座敷に移した。八畳間二間では、大きすぎる。落ち着かず、眠れない。結局、その部屋についていた押入れをベッドがわりにして寝ていた。

帰ってきた妻包子はそれが気に入らなかったらしいが、戦時中陸軍省の航空本部に勤めていた娘のナナ子などは、以前からおもしろがっていた。

菊池邸に転がり込んできたひとりに四元百々生《よつもとももを》がいた。百々生は、松竹のニューフェイスとして女優になったばかりであった。誰の紹介だったか混乱のときで覚えていない。が、この家の住人になっていた。

そして、北海道から帰ってきた長男英樹と百々生は昨年結婚し、いま百々生は、お腹が大きくなって近くの東大医学部の分院に入院している。今日あたり産気づくだろうと聞いていた。

菊池寛は、仕事場の日めくりを見た。昭和二十一年の六月二十六日である。

仕事机の上には、『女性』という雑誌で連載中の「瓶中《へいちゅう》の処女《しょぢょ》」の八月号の原稿があった。六月号から始めて八月号で終える予定だ。夕べから書き始めた原稿で、まだ数行しか書いていないが、これを収録して白鳳出版社で本にしよう。菊池寛は、そう考えていた。

仕事机には、もうひとつ、原稿用紙があった。夕べ寝る前に生まれてくる孫の名前を考えていたメモが、そこには書かれていた。いろいろな名前が浮かんだが、「夏樹」に大きく丸で囲んであった。

菊池家の本家の長男には、「武」の字をつける習慣がある。分家は自由だったが、菊池寛は長男には「樹」の字を好んでつけることにしていた。だから長男には英樹と命名した。名前をつけてほしいと他人に頼まれたときも、菊池寛は長男であれば「樹」をつけた。樹という字が好きだったのだ。

敗戦の日から、菊池寛のまわりにいろいろなことがおこっていた。あまり多くて頭が混乱するばかりである。

昨年八月十五日、日本は無条件降伏を受諾した。ピカドンすなわち広島と長崎に原子爆弾を落とされたのが直接の原因だったが、もうそのときは、日本に戦う力が残っていなかったからだ。

九月のミズリー号上の調印もあった。九月には、将棋連盟から五段をもらったし、十月一日には、『文藝春秋』を復刊できるようになった。十一月になると鳩山一郎が、この家に訪ねてきた。日本自由党を作りたいという相談であった。

そのあたりまでは悪くはなかった。悪くなるのは昭和二十一年の正月からだった。正月の三が日が明け、四日の金曜日にＧＨＱから突然呼び出されてしまった。ＧＨＱは、菊池寛を軍国主義者として公職から追放する指令をだしたのだ。

菊池は、解せぬと思った。自分は、パージを受けるような思想を持ち合わせてはいない。戦争には終始反対だった。しかし、戦争が開始され、参戦してしまった以上、勝たねばならない。負けようと思って戦争する国なんてないし、戦場で殺されようと思って闘う兵士もいない。

「当たり前の話だ！」

菊池は、腸《はらわた》が煮えくり返る思いだった。

一月九日には、GHQのスポークスマンが「日本の出版界には、戦争中、軍国主義的な出版物を発行して、戦争を煽ったり、国民を誤らせた出版社がある。いま調査中だが、適当な措置によって出版界を粛清せねばならぬ」と言明した。そして、二十四日、日本出版協会の定時総会で、文藝春秋社などの即刻除名が評決された。まずA級戦犯七社の除名があった。

A級戦犯に指名された出版社は、講談社、主婦之友社、家の光協会、欧文社、第一公論社、日本社、山海社であった。続いて、B級戦犯十一社が発表され、博文館、新潮社、誠文堂新光社と並んで文藝春秋社がその中に入っていた。

こうした左翼万能的な風潮のなかでは、文藝春秋社はいやでも白い眼でみられるようになっていた。雑誌『文藝春秋』は、進歩的ではないという用紙割当委員会の一方的な判断で、用紙の配給が常に不当に低く割り当てられるようになり、退社する社員も多くでた。

菊池寛の決意

三月七日、菊池寛は文藝春秋社の本社に緊急の役員会を招集した。そして、その席上、菊池は文藝春秋社の解散の決意を、突然発表したのだ。

解散通告をしたとき、その場にいたのは、池島信平、花房満三郎、車谷弘、千葉源蔵、鈴木貢、古澤線一、鷲尾洋三、小野詮造、庄司淳《きよし》、澤村三木男の十名であった。

三月十二日、池島信平を中心とした十名は、菊池寛に解散を取り消すように申し入れをしてきた。十六日、菊池寛は、文藝春秋社の専務で作家の佐佐木茂索と大映の社長室で話しあうことにした。

雨の降る淋しい日であった。

佐佐木茂索は、そのころ熱海に住んでいた。菊池寛が熱海に電話をしたのは久しぶりであった。

そうとう驚いた顔で、佐佐木は、大映の社長室に入ってきた。いつものように、きちっとした背広姿である。頭髪もオールバックに整えられていたが、少し白髪が交っている。顔には、柔和な笑みを浮かべていたが、この男、鋭い眼をしているなと、菊池寛は、改めてそのとき思った。佐佐木は、背は高く、痩せて神経質そうな顔を隠さなかった。

「佐佐木君、僕は、文春を解散するよ。そうだろ、僕がいたら、紙も寄こさない。追放された僕が社長をしていたら、本も雑誌も出せないんだよ、佐佐木君。君も知っての通り、文藝春秋は、僕の子どものようなものだよ。子どもが飢え死にしかかっているのだもの。親が、なんとかせにゃいけないんだよ、君。解散を決意したのも苦渋の選択だったんだ。そしたら、池島君が、解散しないでくれというじゃないか。嬉しい言葉だよ。しかし、僕の追放が晴れるわけじゃない。佐佐木君、池島君が大きくなるまで、僕のかわりを頼みたいんだよ。やってくれるかい」

菊池寛の手は震えている。佐佐木はいちど唾を飲み込んだ後、言葉少なに答えた。

「菊池先生、わかりました。たぶん菊池先生のお気持ちを察することができるのは、不肖、この佐佐木だけでしょう。池島君が大きくなるまでというのではなく、先生の追放が解除されるまで先生の代わりを務めましょう」

菊池寛は、四月二日の火曜日から、吉屋信子や吉川英治とともに京都の講演会にでかけた。そして、京都に先行していた久米正雄や川口松太郎と合流した。この旅行は晴れ晴れとしたものだったが、皆の関心は文藝春秋社のゆくえにあった。

四月二十七日、先月発足した文藝春秋新社の創立祝賀会のパーティーが開かれたが、ここでも人々の好奇心を満足させるはめになった。

映画の業界には、いい話もあった。今年の一月一日から、映画新体制で公益法人化されていた映画界は、まる四年もの辛い時期に終止符を打ったのだ。映画界は、国策から離れ、やっと民間業者の手のもとへと返還され、自己生産、自己配給ができるようになった。

喜びと悲しみと

菊池寛は、『瓶中の處女』の最後の章、「ごきげんやう」にとりかかった。

母屋の二階は、パーティのために、綺麗にかざられた。

空爆で、調子のこはれたピアノの上には、あの壜の中の寫眞と同じものが飾られてゐた。

祥子は、久しぶりでピンクのタフタのイヴニングドレスを着た。

あかつきの薔薇の花のやうに、美しかつた。

下の茶の間には誰も居なかつた。祥子は、そつと壁から、計三《けいぞう》の寫眞を降すと、化粧簞笥《けしようだんす》の上に置いた。

「計三さん。」

寫眞は、丁度彼女の胸位の位置にあつた。

祥子は生きている人にさゝやくやうに、呼びかけた。

「私、綺麗でせう。うれしそうでせう。私、貴君《あなた》が死んでしまつたなんてちつとも考へられないの。貴君の遺言を三人の人がとゞけてくれたの、皆さんとても御親切で、工場が復活したのよ。夢のやうだわ。貴君がいつも中心になつて何かしてゐるやうな氣がしてならないの。明日から、いゝえ、動かせば今直ぐにでも、ミーリングも、セーパーも、研磨機もあの氣持のよい音をたてて動くわ。素的でせう。」

二階からは、アコーデオンの浮々した音がきこえて來る。この部屋は海の底のやうに、静かだつた。

菊池寛は、書いている腕を休めるようにとめた。そして、ある女優のことを想った。

「無法松の一生」に吉岡夫人役で出演してくれた宝塚出身の女優、園井恵子だった。

園井恵子は、他の俳優たちとの慰問先の広島で原爆にあって死んだ。女優として出演したのは、あの一本きりだった。

それに、長瀬に渡したあのライターもいまだに帰ってこないでいる。戦争は残酷だと菊池は思った。

階下で女中の多恵の声がしたかと思うと、急いで階段を上がってきた。

「先生、いま英樹おぼっちゃまから連絡が入りました。先生の今度のお孫さまは、おぼっちゃまだそうです。母子ともに健康だとおっしゃってました。先生、おめでとうございます」

多恵は、嬉しそうに菊池にむかってお辞儀をしている。

菊池寛は、複雑な思いで多恵を見ていた。

永田雅一の戦後

眼下にある京橋川の土手の桜のつぼみは、まだ硬いようであった。桜見物には、あと二、三週間は必要だろう。舟が通るたびに川面に映る三月の光が窓のガラスを揺らした。

戦争が終わって二年が経つが、川に住むひとが多くなった。車の縦列の駐車よろしく、この界隈から隅田川にかけて立錐《りっすい》の余地もないくらいに、舟が連なって舫《もや》っていた。菊池先生の家の近くにある神田川も同じだった。住むのは、戦火で家を失った家族たちだろうと永田は思っている。

舟は、比較的大きく、平らであった。どの舟にも、生活の匂いがする。川の水で洗濯をする者、米を洗う者、七輪に火をくべる者、どの舟にも大漁旗よろしく洗濯物が干されていた。

永田雅一は、西日に光る京橋川を見下ろしていた。心の中は、机の上に両肘をつき頭を抱えたい気分であった。会議中に菊池先生から思わぬことを聞かされたからだ。

「この話は、まだ永田君にもいっていないことだが――」

会議が終わり、皆が立ちあがりかけたとき、先生は話しだしたのだった。

「僕はね、この世紀的な悲劇の戦争、かつ、また敗戦した日本を現実にこの目で見て、はたして僕は何をしてきたか、この一、二年の間ずっと考えてきたのだよ。そして、このことは、後世の人々の厳正なる批判の対象になるべきものだと思っている。僕は、作家なのだよ。僕は文筆家菊池寛として、満州事変以来、太平洋戦争が悲劇的な結末を告げるまでの日本の興亡史を書かねばならないと思うのだ」

菊池先生は、僕が何かをいう前に右手で僕を制した。

「永田君もここにいるみんなも最後まで聞いてほしいんだよ。僕はね、この戦争を書くことに決めたんだよ。そのためには、責任のない地位にあって思うがままに筆を振るう環境の中でなければならないんだ。あちらこちらに気を使って菊池の史観を曲げるわけにはいかないからね」

菊池先生は、ここまで話すと永田の目を見た。

「永田君、君には前もって話すべきだったかもしれないが、許してくれ。この大映は事実上、君がやってきたのだ。大映は名実ともにいま大会社の仲間入りができた。確固不動のものとなったんだよ。僕は、相談役のような立場で、今後の大映の面倒は見ていくつもりだ。どうだろう、事実上の事務一般をみてきた永田雅一君が社長を務めるべきだと僕は思うんだがね」

返事は今でなくていいよ、と先生はおっしゃったが、その高邁《こうまい》な念願に誰が反対できようか。いかなる理由をつけようとも菊池寛先生の崇高な望みを絶つわけにはいかなかった。

この申し出は、われわれが偉大な社長を失うばかりではなかった。永田雅一にとって哀心惜別の情にたえないものがあった。

菊池寛の存在は、戦争の後半から終戦直後の最も困難な時期に大映の精神的支柱として、全社員の絶大なる信望を得ていた。もちろん、社会的信用を集めた社長を頂くことは大映にとって多幸なことでもあった。

戦争は終わったが、まだ世の中は混乱し、昨年から続くインフレは経営基盤を常に揺り動かしていた。

フィルムの生産不足と大幅な値上がりは、製作や営業の面でボディーブロウのように効いてくる。電力事情の悪化は、製作面の能率を極端に減退させている。営業面においても、ひと月に十日も休館する小屋もあった。また、インフレが激しく、入場料が十円だったものが、半年先に二十円になり、入場税だけでも十五割と異常に高い比率を国が押しつけてくる。そんな時期に菊池先生を失うのは、永田には辛すぎた。

菊池先生をこの映画業界に引っ張りこんだのは、自分だ。先生は、自分の話をよく聞いてくださった。しかし、先生にとってはどうだったろうか。真の腕を自由に発揮できただろうか。違うな。永田は、自分への質問に〝否〟と答えをだしていた。

先生が社長になってくださったのは、戦争の最中だった。戦争中は軍の圧力があって、先生は自由に腕を振るうことができず、企画方針について強い指示をだすことができなかった。それでも先生は、少しでもいい作品、楽しい映画を作ろうとして脚本の台詞《せりふ》にまで手を入れてくださった。

終戦後は終戦後で、大映は連合国の意図するところをよくつかめないで、無駄な一年を送ってしまった。菊池先生は、結局、大映の映画製作に対して充分の抱負と経綸《けいりん》を行うチャンスがなかったのではないだろうか。

永田雅一は、自分が菊池先生に大きな非礼を働いたのではないかという自責の念に悩み、苦しんでいた。

京橋川に浮かぶ水上生活者の大きな舟の間を、小さな舟が黒い煙を吐きながら通っていった。その舟の作る波で大きな舟が一斉に揺れ出すのを永田は、ぼんやりと眺めた。

昨年から今日にいたるまで、大映はずいぶんヒットを飛ばした。そのおのおのが大映という映画会社をよいものにしてくれた。菊池先生がおっしゃるように、大映は大会社の仲間入りができたのかもしれないし、確固たる基盤ができたのかもしれない。

たしかに昨年製作した映画は、戦後すぐだったにもかかわらず良い作品が多くでた。軍閥に抗って戦争反対を絶叫した政治家を描いた映画「犯罪者は誰か」は、阪東妻三郎と鈴木美智子がうまい芝居をした。「瓢箪から出た駒」は、おもしろい喜劇になった。「扉を開く女」の水谷八重子と月丘夢路のコンビは、女性解放を叫ぶ女を見事に演じきっていた。菊田一夫に頼んだ「夜光る顔」や菊池先生の「明治の兄弟」も評判がよかった。

しかし、一番お金を持ってきてくれたのは、バンツマの「国定忠治」と「瀧の白糸」だった。「瀧の白糸」の水谷八重子の名演技が評判を加速させたのだ。

永田雅一はひとつひとつ数えるように思い出していた。

今年にはいって、小石栄一が監督をした「踊子物語」には上原謙が出演したし、多羅尾伴内《たろうばんない》シリーズ「七つの顔」の片岡千恵蔵は、はまり役になった。

菊池先生がいう通り、菊池イズムというか脚本重視というか、この路線でいけば大映は大丈夫なような気がする。

しかし、菊池先生の言葉には嘘もあった。

永田は思っていた。先生が退任の決意を示されたのは、あんな理由ではない。あんな理由で退任をする人じゃない。自分は、先生のことをすべて知っている。先生は、公職追放、パージのジレンマで退任したいのだ。

僕はそれを受けなければならないな。永田雅一は決心した。昭和二十二年三月のことである。

菊池寛、死す

どの新聞の朝刊にも、「小説家太宰治氏、玉川上水で入水自殺」の文字が踊っていた。昭和二十三年六月二十日の朝刊であった。永田は、大映の社長室でその記事を読んでいた。

この月の十三日、北多摩郡三鷹町下連雀の自宅で太宰の遺書が発見されたが、遺体は見つからなかった。しかし新聞は、昨日、愛人・山崎富栄と紐で結ばれたふたりの遺体が玉川上水で発見されたと報じている。

太宰治は、昨年出版した没落華族を描いた長編小説『斜陽』で一躍流行作家になっていた。『人間失格』と『桜桃』という小説を書き上げたのちの自殺であったらしい。

菊池先生との雑談の中で、よく太宰治の話がでてきたのを永田は覚えている。太宰は、可愛そうな男なんだよ、美知子さんというういい嫁さんがいるのにね、そうだ、園子ちゃんという娘さんと、正樹君というおぼっちゃんがいたはずだ。正樹君は、ダウン症という病気があるんだよ。太宰君だって身体の強いほうじゃないがね。

新聞を読みながら永田雅一は、正樹の「樹」の字が気にかかっていた。もしかすると菊池先生が、名付け親かもしれない。

ちょうど三か月前になるのか、昭和二十三年三月六日の夜だった。時間も覚えている。夜の九時二十七、八分だった。あの日は、珍しく夜、広尾の自宅にいた。妻の文子と夕食を終えて、文子と居間で紅茶を飲みながら夕刊を読んでいたときだった。電話が鳴って文子が出た。文藝春秋新社の池島信平君からの電話だった。

「永田さんですか。驚かないでください。いま私は、雑司ヶ谷の菊池寛先生のお宅から電話をしています。いま少し前、菊池先生がお亡くなりになりました」

永田雅一の頭の中は、真っ白になっていた。

永田は、応接間に入った。マントルピースのガスストーブが赤々としていたのを覚えているだけであった。

文子がさし出す背広に腕を通して、タクシーに飛び乗った。

先生が、一年前に大映の社長を退任されてからも、三日にあげず先生とお会いしていた。先生は、子どものころから心臓が悪く、最近ときどき発作がでるんだよ、僕は長くは生きられないんだよ、とよくおっしゃっていた。

ひと月前には、作家の石川達三氏らとともに新橋で飯を食った。美味い店だから、こんど一緒に行こう、とも誘ってくれていた。

二週間くらい前だったと思う。先生は、その新橋の店でなにかにあたったらしく酷《ひど》い腹痛をおこし、薄めのカルピスしか飲めないと電話があったので、永田は、菊池邸に何本ものカルピスを買って届けていた。

女房の包子がね、半年前から家出をしちゃって、いや居場所はわかっているのだが、こんなとき困るんだよ、と先生から聞いた覚えもあった。

今日は、包子夫人、ご家族、親族や親しい友人だけで快気祝いをされているはずだった。それが、なぜだ。

タクシーの中で、永田雅一は逸《はや》る気持ちをやっと抑えていた。タクシーは、明治通りに出て、渋谷、新宿をぬけた。永田に、千登世橋が見えた。タクシーは、くるりと回って不忍通りに入った。

菊池邸のいつもの大きな門は、閉まっている。永田雅一は左の通用口をくぐった。足元に紅い椿の花が色を変えて落ちていた。

菊池先生の狭い寝室には、枕元に包子夫人が座っていた。先生の顔の上には、白い布がかけてある。白い布を夫人が取ると、菊池先生の大きく横幅のあるお顔がやや右向きにあった。永田雅一の両眼からは、止めることのできない涙が溢れ続けた。

階下の大広間には、電話をくれた池島信平君をはじめ、長女の瑠美子さんの夫藤澤閑二氏、先生のご長男英樹君、瑠美子さん、次女のナナ子さんとナナ子さんの夫西ヶ谷巌さん、そして、主治医で今日の会に呼ばれていた大堀ドクター、GHQのロバート・ボイド氏ほかたくさんの人たちが集まっていた。

藤澤氏が、菊池寛先生の最後をことこまかに教えてくれるのだが、永田の耳は閉ざされているように、なにも入ってこなかった。

英樹君が相談があるとかで、外庭に面したほうの応接間にふたりで入った。そこは、いまちょっと前に先生がいらしたキャメルの残り香があるように永田には思われた。たしかに先生の吸い殻が、灰皿にうず高くなっている。

永田雅一は、そのひとつをそっとズボンのポケットに忍ばせた。

「永田社長、通夜と葬式の件ですが」

英樹君は、二十歳を少し過ぎたころだろう。顔は、青ざめ、少し震えていた。たしかに、僕も震えている。そして、出てくる涙を止められないでいる。

永田雅一は、一切僕に任せなさいと、英樹にいった。

いま、永田雅一は、浪人の身であった。この年の一月七日に、また公職追放の者たちが発表になった。その中に永田雅一の名前が載っていた。大映は、ひとまず眞鍋八千代に社長を任せてあった。あとは、解除を待てばいい。解除のためには、あらゆる手は打ってあった。永田雅一の公職追放が解除され、社長室に復帰するのは五月二十二日のことになる。

その夜は、菊池寛邸に泊まることにした。

文藝春秋新社の関係は池島信平君に、親戚関係は藤澤氏に任せるとして、先生の親友作家たち、映画関係者、競馬や将棋界、政治家、その他の連絡網を作らねばならないし、この屋敷で通夜、葬式をすぐにやりたいという夫人を説得せねばならない。

この屋敷がいくら大きくても、先生の小説のファンを含む大人数を賄《まかな》いきれなかった。ここで密葬はできる。しかし、それではすまないだろう。菊池先生がいくら無宗教でも、それだけでは困る。永田雅一の頭の中では、近くの護国寺の葬儀を考えていた。

永田は、葬儀社に連絡をとって、布団を用意してくれた二階の八畳の部屋で名簿を作り始めた。

今日連絡をとっても仕方がない。明朝、鎌倉に住む久米正雄、永井龍男、川端康成に、そして吉川英治や中野實、舟橋聖一、吉屋信子にも連絡をとらねばならない。

今夜は、どうも寝られそうにもなかった。そうだ、一番近くに住む川口松太郎にすぐに連絡をとらなければなるまい。永田雅一は、戦時中菊池寛が寝室がわりにしていた八畳間を出て、階下にある電話部屋にむかった。

屋敷の中は、もう静かになっている。

永田は、受話器を上げ、電話の箱についているノブをくるくると回した。

菊池英樹の回想

菊池英樹は、亡父寛のことを想っていた。

ひと月くらい前だったろうか、僕がいた宇都宮駅前にある「宇都宮民衆劇場」という映画館に大映社長の永田雅一さんから電話が入った。土曜日だったと思う。

「菊池君かね、英樹君、来週でも会えないかね。本社にきてほしいんだ」

菊池英樹の声は大きい。しかし、永田雅一の声はそれにまさっていた。

宇都宮民衆劇場は、永田さんと父が金を出し合って作り、父が社長をしていた。戦中の疎開で世話になった国務大臣の船田享二氏の後援会長岡本さんの息子が映画館をやりたいというので作ったのだった。

父の死後、永田社長の「菊池先生のかわりに英樹君が宇都宮民衆劇場の社長をやれ」というラッパが鳴り、僕はその仰せに従った。

僕は、そのとき鹿島建設に勤めていた。これも永田さんの紹介だった。サラリーマンであるから、僕が使える日は、土曜と日曜しかなかった。

指定された大映の本社ビルは、真新しく白く輝いていた。都電の京橋駅の真向かいにあるビルだった。

京橋川のほとりにあるといってもいい四階建の薄いグレーのビルは、角が丸くなっていた。

そして屋根は、西洋の城のように先がとがっている。まるでクリスマスにかぶる紙の帽子のようだと英樹は思った。

塔の上には、大きく縦に「大映」とロゴが書かれていた。その横にある看板には、「映画は大映」と宣伝の文句があった。

正面玄関の両開きのドアの上には、凄まじく大きな、あのトレードマーク、〝大映〟のマークが石に彫られている。前の電信柱には、「すきやきの今半」とか「歯科小澤」の看板がかかっていた。

玄関ホールには、まるで宝塚のレビューでも見るような大理石の階段がある。その上には、大きなボールのようなシャンデリアが垂れていた。床は、馬の轡《くつわ》の模様である。ホールの左には、エレベーターの蛇腹《じゃばら》の扉が見えた。

半円形の木のカウンターにいる受付嬢が、英樹にむかってお辞儀をした。

「今日、永田社長に呼ばれた菊池の息子、英樹ですが」

そう告げると、お待ちしておりましたと、ひとりの受付嬢がいい、もうひとりがすばやく電話の受話器をとった。

しばらく待っていると、階段から友成さんが降りてきた。友成さんとは何度か会って見知っている。父の護国寺の葬儀でも八面六臂の活躍をしてくれた男だ。

「ちょっと社長の会議が延《の》びておりましてね、英樹さんが見えたらこの新しいビルをご案内しろと永田社長から申しつかっております」

と、恐縮そうにいった。

友成さんの説明では、昨年の十月に大映はこのビルを買ったという。戦前から買う話があったが、終戦の混乱があってやっと手に入ったらしい。ただちに修理工事をして、先月下旬に完成したというわけだ。

「すぐ日活ビルから引っ越しをしましてね。もう二月一日からここで業務を始めたんですよ。永田社長は、せっかちですからね」

友成さんは、頭をかいた。

「このビルは、外から見ると四階建ですが、地下があるので本当は五階建なんですね。宣伝部、営業調整部、調査部、労働部人事課、総務部、経理部、文書課、企画本部、洋画部、関東営業部とすべてここに入っています。あとでご案内しますが、試写室も百人の席があるものを作りました。小さな医院のような医務室もあるんです」

そういうと友成さんは、社長秘書文書課と書かれた木製のドアを開けた。
二、三十分待っていただろうか、英樹は社長室に案内された。
マホガニーの壁、同じ色の社長机の背に大きな大理石のマントルピースが見える。永田雅一は、上機嫌であった。

「英樹君、待たせて悪かった。社内を見てくれたかね」

と、いって傍に立つ友成さんの顔を仰いだ。友成さんは、うなずいている。

「この部屋は、実はね、菊池先生に座っていただこうと思って、終戦のころから考えていたんだよ。先生はマントルピースがお好きだったよね。お宅の広間にも、ふたつの応接間にもあった。だからこれを造ったんだ。ほら、マントルピースの上に先生の胸像があるだろ」

英樹は、胸像の上に飾ってある書の額を見ていた。「〇〇一貫」と書かれているが、達筆すぎて最初の二文字が読めない。

永田社長の話は、このビルのお披露目の意味もあって、父菊池寛の一周忌の法要を、このビルの試写室でおこないたい。試写室には、菊池寛の胸像を置きたいので除幕の式をしたい。今年の三月六日法事をする。手伝ってほしいとのことだった。

「そこで、君の息子さんの夏樹君に頼みたいんだよ。お爺ちゃんの胸像を孫が除幕をする。なっ、いいだろう」

除幕式

除幕式の日は、朝から快晴であった。三歳になる息子の夏樹は、朝からはしゃいでお手伝いの綾《あや》さんを困らせている。

英樹は、黒のスーツを着た。綾さんは、夏樹に白のズボンをはかせている。

「夏樹ぼっちゃま、はやくお支度しないと置いていかれちゃいますよ」

廊下を逃げまわる夏樹を押さえつけ、綾さんは靴下を履かせている。

妻の百々生は、紋のついた着物を着て、

「お待たせしました、用意できましたよ」

といいながら二階から降りてきた。

英樹の家族は、菊池寛が住んだ家の離れの二階に住んでいた。

三人は、離れの玄関から広い庭を横切った。家主のいなくなった庭は、荒れ放題になり、森と化していた。英樹は、庭を歩きながらふと父の仕事部屋があったほうを見やった。この一年、父菊池寛に関わる諸問題の解決、税金の問題に忙殺されてきた。それでわかったのは、菊池寛は大きな屋敷は残したが、金はほとんど残していなかったということだった。

大映試写室除幕式での筆者

母屋は、学陽書房という法律専門出版社の事務所として使ってもらっていた。そんなことをしなければ税金も払えなかった。
三人は、中庭からくぐり戸をぬけ、大映の社長車の待つ車寄せにむかった。車は、ロールスロイスだった。後ろ座席は、家のソファのように広い。両親に囲まれた夏樹は、クッションを使い、跳ねている。助手席には、友成の顔があった。

車は、音もなく走りだした。砂利をタイヤが蹴る音だけがする。

大きな門を出たところで、車は停止した。「少々、お待ちを」といって友成が車のドアを開けた。親子三人の背中で、門の閉まる音と、閂《かんぬき》のすべる音がした。

第四章　永田雅一ひとりぼっち

女優との逢瀬

永田雅一は、日比谷の帝国ホテルで車を降りた。

いつも永田雅一の使っている大映の社長車は、ロールスロイスである。今日は息子秀雅用の車でここまで来た。それは、ベージュのアメリカ車であった。シボレーのコルベアである。コルベアは珍しくリアエンジンを搭載していた。アメリカ車としては小さい。シートは、前後ともに真赤なベンチシートである。シフトレバーはなく、上下に動くスイッチのみで操作した。

昭和三十七年五月、帝国ホテルの前の噴水は勢い良く天にむかい、虹を作っている。永田雅一の乗る車は、中央区京橋三丁目二番地にある大映本社から都電通りに出て、中央通りを抜けた。

三越デパートと和光がある交差点、銀座四丁目の交差点を右に曲がって、日劇前を通ってこのホテルのある日比谷まできた。歩いても十分少々の距離であった。

日劇の前を通るたびに永田は、以前、この前を通って菊池寛邸に通ったことを思い出すのだ。

当時は、助手席には、かならずといっていいほどに長瀬がいた。

日劇の正面には、「日劇」と左から横文字で新しいロゴが書かれている。

運転手が車を帝国ホテルの車寄せに停めると、金のモールで飾られたフロックコートを着たボーイが車のドアを開け一礼をした。

清々《すがすが》しい午後の風と光であった。

帝国ホテルの玄関の上には、ローマ字でインペリアル・ホテルと書かれてあった。

このホテルは明治二十三年十一月三日、アメリカ人のフランク・ロイド・ライトという建築家が、日本初の本格的な洋風ホテルとして設計したものである。

戦後しばらくは進駐軍に接収されたが、いま日本人の手に戻っている。

永田雅一は、重厚な大谷石でできた玄関に立って、上を見上げた。

そして、三段の階段を上がるなり、木製でガラスのはまった大きな回転式の扉の真鍮の取っ手を押して、ホテルの中に入った。

中に入ると、そこには、半円形に赤い絨毯が敷かれていた。また二段の半円形の階段を永田雅一は上がった。

左手にホテルのカウンターがあり、白いタキシードで身を飾ったフロントマンが一斉に永田に礼をしている。ホテルのロビーもやはりすべてが大谷石で飾られていた。ロビーは三階まで吹き抜けていた。

永田は、かけている眼鏡を上げ、オーデュマ・ピケを覗き込んだ。金張りでクロコダイルのベルトをつけた腕時計である。まだ、中田康子、ヤッコとの約束の時間には、一時間も間があった。

時間的にみても女優である中田康子は、まだ撮影所から帰る途中のはずだ。中田康子がこのホテルを家のようにして使いだしてから永田雅一は、このホテルにほぼ毎日のように通ってきていた。

そして、中田康子との逢瀬を楽しんだ後は、かならず妻文子のもとへと帰っていった。

一昨日の夜は、このホテルのメインダイニングで岸信介、小佐野賢治や児玉誉士夫と洋食を食べた。そして、食事の後、このホテルのバーでしこたま飲んだ。

メインダイニングは、中地下にある。ここも装飾を施された大谷石で作られた重厚な食堂で、天井が高い。シャンデリアも、けばけばしさがない。とても重々しい。

ダイニングにある、なんの変哲もないオレンジ色の椅子も、すこぶる座り心地がいい。皿などの食器をおくマホガニーの調度類も、芸術品といってもいいほどである。

昨夜もここで洋食をとった。それもフルコースであった。

二日も洋食を続けてしまった。中田康子が外食したくないというので永田は、しぶしぶ洋食をつき合った。

今日になれば、和食にすればよかったと永田は思う。

今年、五十五歳になる永田には、二十八になる若いヤッコと対等につきあうのが少々きつくなっていた。食事の好みも、永田雅一の歳では、あっさりしたものが食べたくなる。

一昨夜も「ふつうだったら、もう定年の歳だぞ」と小佐野に吠えてみたが「ラッパに歳なんかあるもんか」と三人に罵られてしまった。

今夜は、六本木の〝菊ずし〟にでもいこう。永田雅一は、そう考えて運転手を待たせておいた。

大きな大理石の階段を二階に上がった。階段もフロアーも赤い絨毯が敷き詰められてある。二階に上がると、吹き抜けのバルコニーのようになっている。

喫茶室にいくためには、そのバルコニーを半周しなければならなかった。階段の反対側に喫茶室はあった。

喫茶室は、ちょうど一階の売店の上にある。二階のバルコニーから一階を覗くと、ロビーホールが見えた。そこには、いくつかの革張りの椅子と、六角形のテーブルが見える。黒く輝いているグランドピアノもホールに置かれていた。

永田雅一が喫茶室の入り口に立つと、メイド服を着た担当のウエイトレスが飛ぶように出てきた。

「いらっしゃいませ、永田さま」

頭をさげながら、

「窓際でよろしいでしょうか」

と訊いてくる。

窓際の席に案内をさせるとメイドは、

「いつものコーヒーでよろしゅうございますか」

といって、一階のロビーと同じ六角形のテーブルに、おしぼりと、氷の入った水をおいていった。

永田雅一は、おしぼりで脂ぎった顔と後退している額を拭《ぬぐ》った。

この午後の時間、席は七割方が埋まっていた。

有楽町は映画の街

永田雅一の座る席からは、宝塚劇場や東宝会館が目の前に見える。

東宝会館には、芸術座やみゆき座、千代田劇場が入っていた。東宝会館の奥には、戦前まで歌舞伎なども演じられていた有楽座のなまこ壁が見えた。有楽座は、今では洋画の封切り館になっていた。「ベン・ハー」や大映の七〇ミリ作品「釈迦」などもここでやった。その奥に見える塔が日比谷劇場である。

永田雅一は、熱いコーヒーを口に含みながら中田康子のことを考えていた。

ヤッコは、長野県の松本に生まれて、宝塚に入団した。昭和二十七年に宝塚大劇場の初舞台を踏んだといっていた。その後、日劇に移った。日劇も、宝塚歌劇団と同じように、レビューを主体としている劇団であった。NDT日劇ダンシングチームである。

ヤッコは、一見おとなしそうだが勝気な女であった。

日劇に在籍しながら銀座のナイトクラブ「シロー」などで、アルバイトでジャズやスタンダードを歌っていた時期もあったといっていた。

ヤッコが、宝塚に入団したころは、映画界も大衆娯楽として華やかな時期であった。

昭和二十六年には、永田雅一がプロデュースをし、黒澤明が監督をした芥川龍之介原作の「羅生門」がヴェネチア国際映画祭でグランプリを受賞し、翌年には、溝口健二がメガホンをとった「西鶴一代女」が国際賞（監督賞）を受けた。「君の名は」で真知子巻きが流行したのも、このころだった。

「君の名は」は、菊田一夫が書いた作品で、はじめはNHKのラジオ連続放送劇であった。

東京大空襲の下で、この有楽町の近くにある数寄屋橋で初めて知り合った男女、後宮春樹と氏家真知子は名前も告げずに再会を約束して別れる。そして、戦後に二人が出会ったときには、すでに真知子は他の男と結婚の約束をしていた。という物語であった。

すれ違いの悲恋のメロドラマであった。

映画では、春樹役を佐田啓二が、真知子役を岸惠子が演じて大評判になった。スクリーンで岸惠子が頭から首に巻いた長いストールが大流行し、女性たちが真似をしたのが、一大ニュースになったくらいだった。

このころ宝塚に入団した中田康子だったが、その後移籍をした日劇も退団して、東宝の女優になっていた。


三年前だったか、東南アジア映画祭で永田雅一が中田康子と出会ったのは。マニラだった。カンコちゃん、扇千景さんに紹介されたんだと思う。永田は、よく覚えていなかった。女はこと細かく覚えているらしい。後から、ヤッコから詳しく聞かされた。永田がマニラの競馬場に馬を見に行こうと誘ったらしい。


当時は、ヤッコは男性不信になっていた。大正時代から昭和の初期ころまで、ヤッコの父中田隆次郎が勤めるメリヤス工場は繁盛していた。そして、ヤッコの父親は独立したが、父の経営するメリヤス工場が倒産してしまった。

「番頭さんが大勢いたのよ。幼稚園に行くにも姉《ねえ》やが送り迎えしていたの。私ね、幼稚園に行くのが嫌で、いつも姉《ねえ》やを困らせていたのよ」

ときどきヤッコは、昔を思い出すように永田に話した。似ている。自分の生い立ちにそっくりだった。いつも、その話になると永田雅一は、自分の生い立ちに重ね合わせてしまった。

「じつは、会社が倒産したそんなとき父が家出をしてしまったの。それも私と同い年くらいの女のひととの出奔《しゅっぽん》だったのよ。母は、その後、苦労したのよ。だから、私、絶対男のひとを好きにならないって決めていたのよ」

ヤッコはその話をするとき、丸顔で、ふくよかで、愛らしい顔に憂いを宿した。

まるで自分の生い立ちを聞かされているようだと、永田はいつも思っていた。

永田が法華経に走ったわけ

ウエイトレスは、コーヒーのお代わりをついでいった。

永田雅一は京都で明治三十九年一月八日に生まれた。生まれたころは父の営む友禅と染料の会社は、破竹の勢いだったらしい。友禅や染料の値段が値上がりし、永田家は最高に華やかだった。

永田雅一が誕生したときのお宮詣りは八坂神社で行われた。そのとき十七台の人力車が並んだと聞いたことがあった。京都でもよほどの上流家庭だったのだろう。永田には、いつも三人の女中がついていた。

しかし、永田が、三歳、四歳ころになると父の仕事が傾きだした。もうそのころになると永田の記憶もはっきりしてくる。永田が育っていくと同時に、女中も三人が二人に、そしてひとりに、ついに誰もいなくなってしまった。

家が傾いてくると不思議なもので、家にいた二十六歳くらいの女中と十八くらいの小僧が家の金を持って駆け落ちしたり、建て替えたばかりの家や工場が火事になったりする。永田雅一が小学校二年くらいまでの四、五年ほどで、有名な永田の家が完全に傾いてしまった。

永田は、コーヒーのソーサーについていたビスケットを口に入れた。

父親のことは、常に寝ているか呑んでいるという姿しか知らなかった。自分がおとなになると父親の気持ちもすこしはわかるのだが、大きな家がピラミッドを逆にしたように小さくなってきて、永田が小学校二年ごろからますますひどくなっていった。永田が、小学校を卒業するころにはほんとうにその日の生活のお金、父親の酒代にも事欠くようになった。

母親永田紀美は、偉いひとだった。そんな父親に、ぐちひとついわなかった。

母親は、何事も宿命だと思っていたのだろうか。没落しはじめたときから、これは運命だけでない、因縁があるに違いない、と母親は、永田雅一にいっていた。わずか五、六年の間にこの有名な永田家がこんな没落するとはただごとじゃないと母は思ったという。

そして、永田の母紀美は、信仰に走った。永田の家は法華だった、日蓮宗である。

母は、朝晩、お題目を唱えだした。

永田雅一は、母親から、これだけの家が没落したり、新しい家が焼けたりするのは、すべて何かの罪業だ。おまえたちも唱えなさいといわれて育った。

お題目を唱えないと、朝夕お袋に叱られたなと、永田雅一は、そのころを思いだしていた。

母に叱られるのが嫌で、僕は、合唱して仏を拝んだ。それが、僕が自分から進んで法華経を信仰したわけだった。

帝国ホテルの喫茶室でコーヒーを飲みながら、永田雅一は思いに耽《ふけ》っていた。

法華、日蓮宗の総本山は、山梨県富士川沿岸にそびえ立つ七面山にある身延山久遠寺である。今の永田雅一は、正月とお盆の年二回は、本堂にこもって法華経の一巻『自我偈』を読経するまでになっていた。

永田雅一には、家の華やかな記憶があった。

小学校四年、五年ぐらいのときから、何とかして家を再建してやろうと思っていた。むしろ親父のときより華やかにしてやろうとまで永田は思っていた。執念みたいなものだった。そして、いまやっと叶えることができたのだ。

そうだ、自分と同じ運命を背負った中田康子に、だから惚れていったんだ。永田は、気がついた。

映画との出会い

コーヒーはぬるくなっていた。ウエイトレスは、それに気づき、新しいコーヒーをカップごと永田雅一の前においた。

永田雅一の想い出は続いた。

永田家を華やかにしてやろうと思ったまではよかったが、その後が悪かった。震災の後、永田家の住んでいた家は二条城の近くにあった。

その近くには、赤というか社会主義者が多かった。永田雅一には、社会主義者の友だちがいたものだから、警察に社会主義者と同じようにみられて、尾行がつくようになった。

よく覚えている。大正十三年の三、四月ごろからだった。

親父も母親方も、それなりにちゃんとした家柄だった。その倅《せがれ》の雅一が、警察に尾行されているものだから、母親から家を出ていけ、といわれたのだった。

永田雅一は家を出され、食うものも、住む家もなかった。ひどい生活だった。

そのころ、京都の市電の車掌や運転手専門の簡易食堂旅館に泊まっていた。二畳くらいの部屋での生活だった。

ところが、その簡易食堂旅館を副業でやっていたのが、当時日活の所長代理をやっていた池永浩久さんの奥さんだった。運命とは不思議なものだ。これが、永田と映画の出会いになった。

池永浩久さんがときどき食堂に顔を出すことがある。

あるとき池永さんと食堂で雑談していると、

「若い者が惜しいじゃないか。あなたは、何をしているのですか。不良少年でもないし、社会主義者でもない。どっちつかずで、いずれにしても世間からは風来坊みたいに思われている。見ればまだ二十歳か二十一だ。どうだね、私が今いっている活動写真の撮影所にいっぺん見学にきたらいい」

と誘われたことがあった。

そして、二、三時間撮影所を見学して遊んでいる間に、永田は役者や監督にはなりたくない、ひとつプロデューサーになろうと決心したのだ。

永田雅一が京都で撮影所のアルバイトをしていたときに、永田に、幸運なできごとがあった。

永田が、撮影所で見学者に案内をする役をしていたとき、逓信《ていしん》大臣の藤村義朗男爵というひとのお世話係をすることになった。

大臣の撮影所見学のお手伝いを永田は一生懸命にした。そして、なぜか永田雅一は、男爵に気に入られてしまったのだ。

男爵の後押しもあって、永田は、大正十四年の二月に正式に日活の社員になった。

永田雅一の三人の妻たち

永田雅一は、もう一度おしぼりで顔を拭いた。

日活の正社員になったときの仕事は、今でいう秘書のようなものだった。

そのとき、日活京都撮影所の総務課庶務係という仕事を与えられて、生まれて初めて永田雅一は、四十五円の月給をもらった。

それから今日まで、日活に十年、第一映画に三年、新興キネマに五年、そして大映だった。

永田雅一にとって、不思議な映画との出会いだったが、結局、映画道一筋になってしまった。今では思いも叶って、妻文子、長男秀雅と嫁の精子がいる。孫の雅士も高校生になった。

永田雅一の最初の妻は、きさえといった。十六歳で永田に嫁いできたが、とても身体が弱い女だった。長男秀雅を産んだ母である。このころ永田雅一は、由次郎《よしじろう》といった。雅一とは、後から戸籍を変更した名前だった。いつ名前を雅一に変えたのだろうか。永田は、あまりよく覚えてはいない。父が四十半ばにして早死にした。そのあとだったはずだ。母紀美に許可を得たことだけは、思い出した。

きさえの産んだ長男秀雅も虚弱体質だった。お産を手伝った医師から妻きさえは、もうひとりつくりなさい、この児は、育たないかもしれないといわれていた。と雅一は、妻から聞いている。長男秀雅が生まれた翌年、きさえは、ふたり目を妊娠した。男の子だった。松竹の浅岡信夫さんの名前をとって信夫とつけたが、母きさえとともに帰らなかった。このときのお産は重かったのだ。

永田雅一は、きさえのことを思い出せないでいる。自分も、きさえも若すぎた。ともに暮らした年月もあまりにも少なかった。

しかし、長男の秀雅の顔を見ると、少しだがきさえの面影が残っているような気もする。

喫茶室のむかいにある東宝劇場のマークが、日比谷公園から入ってくる西日に照らされて眩しかった。永田雅一は、眼鏡を外して目頭を指でおさえた。

文子と結婚する以前の妻、大河内喜久子の顔を思い出していた。最近ときどき前妻の喜久子が思いに出てくる。

京都下河原に近い家に住んでいたころだった。喜久子は、昭和十二年に亡くなってしまった。喜久子もいい女だった。

昭和何年だったかな。そう、七年のときだった。日活の放漫政策が最高調に達していたときだから、よく覚えている。そのときの日活の社長は、横田永之助だった。

当時は、サイレントからトーキーに移行する時代だった。永田雅一が三十歳になるちょっと前だった。

そのときの日活の専務に辣腕家《らつわんか》の中谷貞頼がいて、お家騒動が始まったのだ。

中谷は、永田に横田を社長から降ろしてくれと頼んできた。

そのころは、永田雅一は日活で資本家と労働者の間でおきた事件をうまく片づけたりしたので、まだ所長代理であったが、日活の社内で頼もしい男としてのイメージができあがっていた。

経営者と労働組合の問題を上手く解決したからだった。

中谷と横田のふたりの間に入った永田は、社長である横田を納得させたのだ。そして、横田を勇退させて、相談役になるとまでいわせた。

それからというもの社長になった中谷は、他の重役には相談しないようなことまで、所長代理であった永田に相談するようになっていた。

その後、永田雅一のアイデアで日劇を日活の封切場にもした。それも日活にとって良い条件で契約できた。

日劇の一番上に、ネオンサインで日活映画封切場とおいただけで銀行の信用がつき、会社の資金は、潤沢になった。

ところが、昭和九年の八月中ごろだった。京都さくら家という下河原の料亭で、永田と中谷が大喧嘩をしてしまった。原因は他愛もないことだった。

中谷は、その日、大酒を呑んでいた。

「永田君、丹下左膳が当たっている。この勢いでひとつ丹下左膳の第二編を撮ってくれ」という。中谷は永田にむかって話し続けた。

「大河内伝次郎主役で監督は伊藤大輔だ。それから荒木又右衛門も撮ってくれ。荒木又右衛門も、大河内伝次郎で、監督は山中貞雄で撮って欲しい」

これが、永田の頭にカチンときたのだ。ひとりの役者を同時に使い廻すことなどできない。

永田の「できません」が、同時に「辞めます」になっていた。

芸者や舞妓、たくさんいる女たちの前での出来事であった。永田としても引っこみがつかなかったのかも知れない。

永田雅一は、さくら家を飛び出し、その足で家に急ぎ帰った。そこへ帰ってきたのが家庭教師をしていた妻の喜久子だった。

そのころは、家にひとりの女中と小学校一、二年の長男の秀雅がいた。

喜久子は、すぐ永田の顔色を見てわかったらしい。

「あなた、顔色が悪いけどどうされたのですか」

と訊いてきた。実は、中谷と喧嘩をしてきたと永田がいうと、

「あなた、おやめになる気持ちでしょう」

という。つい「そうだ」と答えてしまった。

そしたら妻の喜久子が、富士銀行の前身、安田銀行の通帳を永田の前においた。ひょっとしたら、ものの五千円か一万円は貯金があると永田は思っていたが、三万円も貯まっていた。

「浪人されても二年や三年は、こうやって貯蓄はあるし、私もまだ家庭教師をやって行けます。あなたの思う通り気持ちよくおやめになったほうがいいでしょう。そのほうがあなたはスッとする人です。やめないとあなたはぐずぐずする人です。やめてどんな苦労でもしますから、そんなこと今さら心配する必要はありません。二年や三年浪人したって、細々ながら親子三人は食べて行けますよ」という。

まるで、山内一豊の妻と話をしているようだったな、と永田雅一は思う。

その金で、永田は第一映画を創立できたのだった。

永田雅一は、妻に恵まれていた。しかし、喜久子は亡くなってしまった。

いまの妻の文子だって、夜中の一時ごろ寝て、永田の起きる七時半には、もう起きている。とても、かいがいしい妻だと永田は、思っている。

二階で永田が〝法華のおつとめ〟をして、食卓につくなり「はい」といって、よそったご飯を出す。

着替えも、傍についていて下着からワイシャツ、ネクタイ、靴下とひとつひとつ手渡ししてくれるし、我儘で癇癪持ちの永田によく尽くしてくれている。

以前、妻の文子が、家にいたスピッツのシロやシェパードのドリスと遊んでいると、近所の奥さん連中から、

「まあ、お退屈でお困りなほどでしょう、お羨ましい」

といわれたといって文子は愚痴っていたっけ。永田雅一は、文子のしかめ面を思い出し笑ってしまった。


「羅生門」


帝国ホテルのアイスクリームは美味い。色もたまごの黄身の色をしている。

永田は、ウエイトレスを呼んで、アイスクリーム・サンデーを注文した。アイスクリームにかかるチョコレートは、アメリカ製のハーシーだろうか。アメリカで味わったのと同じ味がする。

永田雅一の思いは、妻たちから恩師菊池寛に移っていた。

菊池先生が、昭和二十三年三月六日に急逝された後、色々な出来事があった。

大映は、川口松太郎を専務にむかえ、菊池寛が路線を引いた文芸を川口に委ねた。専務になった川口も、菊池寛先生の考え方を踏襲してきた。

大衆の見たい話、聞きたい話、そして、観客にプラスになる映画製作を心がけてくれた。

そして、徐々に川口松太郎色がでてきた。

松田定次監督、阪東妻三郎主演の「木曾の天狗」や川口松太郎自身が原作を書き、柳家金語楼と三益愛子が共演した人情喜劇「親馬鹿大将」が、それであった。川口色は、大ヒットを飛ばした。

当時は、大映の映画は男性、松竹は女性向け。東宝が、ハイカラと決まっていたが、川口色は、大映にも女性客を動員することができるようにしてくれた。

それは、戦後の新しい色合いでもあった。田中重雄が監督、水戸光子が主演した「土曜夫人」や「美しい豹」などは、その表れかも知れなかった。

そうして、大映には、社是というか、社のスピリットのようなものが出来てきた。それは、菊池寛と川口松太郎が生みだしたもので、いかなるテーマ、ストーリーの映画にも倫理観が働いているというものであった。

その倫理観が良い作品をもたらしてくれた。吉村廉が監督をして、原節子が主演した「白雪先生と子供たち」は、興行成績こそ、はかばかしくなかったが、真面目な作品と評判をとった。「白雪先生と子供たち」は、日本教職員組合と労働組合映画協議会が募集し、中野区第六中学校の森岡昇教諭の『太陽はこどもの上にも』を原作としたものだった。ポスターには、原節子の大きな顔の下に海で戯れる子どもたちの画が描かれていた。そこには「あなたの心に、美しく明るい感激の灯をともす大映映画！」とある。

そういった中で「羅生門」の成功は、大変な事件であった。「羅生門」は、監督黒澤明の野心作で、永田雅一としては、黒澤の頭と腕前を信じて社運をかけた大冒険であった。

これは、イタリアのヴェネチアのコンクールに送る前に、在日していたイタリア大使のランザ・ダヘッターに見てもらった。外国人の反応を探ったのだ。

評価は、「テーマはよく判る」「劇としても興味がある」。それに、すぐれた「芸術性がある」という大好評をもらっていた。

社交辞令を差し引いても、外国受けをする映画になっていた。永田雅一は、さすがに芥川龍之介の原作『藪の中』の映画化だと考えを改めていた。

「羅生門」がグランプリ受賞

昭和二十六年、大映映画「羅生門」が九月のヴェネチア国際映画祭でグランプリを受賞したとの報に接したとき、永田雅一は、正直いって耳を疑った。

この映画の完成試写を見たときは、三船敏郎と京マチ子の熱演ぶりには感心したものの、何をいいたいのかピンとこず、「わけがわからん」と憮然とした永田だったが、授賞式に出席してトロフィーを手にし、多くの外国人が絶賛する声に接しているうちに、この映画は大傑作なのだと思えてきた。

そんな永田の心境の変化を黒澤明は「まるで『羅生門』そのものだ」と蔭で皮肉ったらしいが、彼に映画を作らせたのは自分なのだから、何をいおうが勝手であると永田は思った。

ヴェネチア国際映画祭だのカンヌ映画祭だのと大きなことをいっても、そもそも出品しなければ賞はもらえないのだ。

永田雅一は、昭和二十四年に初めて渡米して映画事情を視察し、サミュエル・ゴールドウィン、ウォルト・ディズニー、スタンリー・クレーマーと会って直接交渉をして、日本での配給契約を結んできた。そしてその翌年九月に大映内に「洋画部」を創設させ、他社に先んじて外国映画を配給ができるようにしてきたのだ。

洋画部創設は、「洋画を配給して利益があがるのか」とか「大映自身の配給網を荒すのではないか」とか「大映作品の製作本数が減って従業員が整理されるかもしれない」などとさんざんなことをいわれたが、一年たってみると、そんなことは誰もいわなくなっていた。

ゴールドウィンは、「世界の映画市場でアメリカ映画が稼ぎだす金額の平均を百とするなら、日本の映画市場から挙がる率は僅か一パーセントにすぎないが、大映洋画部は実にその四倍の四パーセントを挙げている」と感心していた。

そうしたもろもろのことがなければ、「羅生門」も受賞にはいたらなかったのではないか。永田は、そう考えている。

あの映画がグランプリを取っていなかったら、その後の黒澤明の活躍はなかっただろう。「羅生門」は、その後、アカデミー賞の名誉賞（最優秀外国語映画賞）も受賞したことで、「クロサワ」や日本映画に対する世界的評価が高まり、大映の名も世界にとどろきわたったと永田は喜んだものだった。

菊池寛先生が生きておられて、ヴェネチアに行かれ、金獅子のトロフィーを手にされたなら、どんなに喜んでくださったろうか。そのことを想うと、また永田雅一の目頭が熱くなってくる。

「羅生門」以後、永田が製作した大映作品は次々と外国映画祭でグランプリなどを受賞した。吉村公三郎監督「源氏物語」が一九五一（昭和二十六）年のカンヌ国際映画祭撮影賞を、衣笠貞之助監督の「地獄門」が一九五三年のカンヌ国際映画祭グランプリを、溝口健二の「雨月物語」が同年のヴェネチア国際映画祭銀獅子賞を受賞したのであった。

菊池先生もよくご存知の大阪松竹歌劇団（ＯＳＫ）出身の大映専属女優京マチ子は、それらの映画に主演し、〝グランプリ女優〟と呼ばれるようになった。

京マチ子は、「最後に笑う男」で大映デビューし、「花くらべ狸御殿」「地下街の弾痕」「三つの眞珠」の三作を経て、谷崎潤一郎の小説を映画化した「痴人の愛」での大胆な演技で注目を浴び、「羅生門」「偽れる盛装」で大映の演技派看板女優の地位を確立していた。

菊池先生が存命であれば、彼女を伴って海外の授賞式会場に出向かれただろうに。そんなことを考えると、永田雅一の心に、せつない思いがこみ上げてくる。

溝口健二の死

昭和三十一年の八月二十四日、巨匠溝口健二が白血病で急逝、「赤線地帯」が遺作となった。享年五十八。勲四等瑞宝章が遺贈された。

溝口とは日活時代からの長いつきあいであり、前年には大映の役員にも加えるほど信頼を置いていた盟友の死に永田は落ち込んでしまった。

溝口が結婚相手に選んだ女には夫と子どもがおり、ごたごたが起きた。間に入ってうまく処理して結婚させたのは永田だった。

溝口健二は、映画に賭けた永田雅一の夢を実現してくれた男だった。「西鶴一代女」「雨月物語」「山椒大夫」という三つの作品で、昭和二十七年から三年連続でヴェネチア国際映画祭受賞という黒澤明にもできなかった偉業を成し遂げていた。

新東宝で撮った「西鶴一代女」が国際賞（監督賞）、大映作品の「雨月物語」「山椒大夫」が銀獅子賞である。

溝口の徹底した時代考証には頭が下がったし、女の描き方には手ばなしで感心した。溝口はスター主義を毛嫌いしていたが、永田の頼みには自説を曲げてくれた。

溝口の死後、会議中に企画が行きづまったりすると、「溝口がいてくれたらなあ」と漏らして永田雅一は、涙をこぼすこともあった。

そういう永田を、部下たちが見放す事件が起こった。溝口が死んだ翌昭和三十二年、専務の曾我正史ほか十六名の幹部が大映を去り、日映という別会社を創設したのである。

この年、東映は、時代劇を中心とする二本立て興行で観客を集め、大映を抜いてトップに躍り出た。

日本中が好景気に沸き返っていた。神武景気の到来であった。映画は娯楽の王者として活況を呈していた。

松竹、東宝、東映、大映、日活、新東宝の六社が専属俳優をかかえ、競い合うようにしてさまざまなジャンルの作品を量産する時代に入っていた。

大映は、長谷川一夫、市川雷蔵、船越英二、本郷功次郎、勝新太郎らの男優と、京マチ子、山本富士子、若尾文子、叶順子らの女優陣をフル回転させて、時代劇と現代劇を量産した。

「羅生門」の受賞以降、永田は世界を意識するようになった。そして、昭和三十四年には日仏合作映画「二十四時間の情事」を製作した。この映画はカンヌ映画祭で国際映画批評家連盟賞および映画・テレビ作家協会賞を受賞したが、業績には貢献しなかった。

この年、大映は業界四位に転落した。

翌昭和三十五年、製作期間六年半・製作費五十四億円を投じた超大作映画が海を渡ってきた。上映時間三時間というチャールトン・ヘストン主演のアメリカ映画「ベン・ハー」である。この映画に刺激された永田は、日本初の七〇ミリフィルムを使った超大作「釈迦」を製作する。

菊池先生が急逝された次の年の八月、永田雅一はアメリカに渡った。ハリウッドをつぶさに見るためであった。ウォルト・ディズニーやサミュエル・ゴールドウィンと契約をしたアメリカの旅で、永田雅一は、思い知ったことがあった。

日本では、映画会社の社長といえば、下にもおかないサービスをしてくれるが、アメリカに行くとそうでもなかった。なんだ活動屋かといわんばかりであった。

いろいろなアメリカのジャーナリストに話を聞くと、アメリカでは、馬主であったり、野球団のオーナーだったりする必要があるらしい。

永田雅一は、まず競馬の馬主になろうと決心をした。

競馬には、菊池先生をはじめ、吉川英治さんや川口松太郎君とよく行っていた。馬主の文化人といえば菊池寛先生であった。

先生がご存命のころ、よく「永田君が馬主になるときがあったら、僕が命名してあげるよ。僕の馬には、トキノチカラやトキノハナのように〝トキノ〟をつけるんだ」とおっしゃっていた。

永田雅一は昭和二十四年、馬主になることを決めた。

幻の馬

昭和二十六年の日本ダービーには、忘れがたい思い出がある。出場馬二十六頭のうち、圧倒的人気だったのは、北海道の本桐牧場で生まれた鹿毛の駿馬「トキノミノル」であった。

競馬場での菊池寛

トキノミノルの馬主が永田雅一であることは、競馬ファンなら誰でも知っていた。永田に馬主になるように勧めたのは、亡くなる前の菊池寛先生だった。

菊池寛は競馬に造詣が深く、競馬の名著といわれた『日本競馬讀本』も執筆したが、馬主としても入れ込んでいた。菊池寛先生は、〝カナヤマシ〟という馬主としてのお名前を持たれていて、ご自分の馬の冠名は、すべて先生の書かれた小説『時の氏神』からとった〝トキノ〟をつけられていた。菊池先生の持ち馬トキノチカラは、帝室御賞典（現天皇賞）を制した名馬だったが、生まれたときから馬体に瘤があった。そのために、出生からステイクスの出走登録ができず、日本ダービーには参加できなかった。

だから永田は、愛馬のパーフェクトがデビュー戦で勝ち、日本ダービーへの出場もありえると判断すると、「トキノミノル」と改名したのだった。

トキノミノルは不敗であるだけでなく、レースごとに新記録を打ち立ててきたすごい馬で、新聞の日本ダービーの勝馬予想はことごとくトキノミノルだった。

レースが開始されると永田は「南無妙法蓮華経」を唱え続け、トキノミノルがトップでゴールを駆け抜けるまでやめることをしなかった。

日蓮上人と菊池先生が勝たせてくださった、と永田は思っていた。

菊池寛が昭和二十三年三月六日に永眠し、その二か月後の五月二日にトキノミノルが誕生したことも、永田には単なる偶然とは思えなかった。

その願いは届き、トキノミノルは二千四百メートルを二分三十一秒一で激走し、見事優勝を飾った。その様子はラジオやニュース映画で紹介され、競馬ファンを熱狂させた。

だが、トキノミノルはその十七日後に死んだ。トキノミノルは、ダービー出場時にはすでに破傷風の病菌に侵されていて、出馬を危ぶまれていたのだが、無理に出場させたことで病が悪化し、死を早めたのである。わずか三年の命だった。十戦して十勝。約四百二十六万円の賞金を稼ぎ出した名馬で、東京競馬場に像が飾られることになった。

残念なことをしましたな、などと人は慰めてくれたが、永田は必ずしもそうは思わなかった。

いままでどの馬もなし得なかったことを成し遂げ、自分も世間の人も楽しませてくれて、次の瞬間には花のように散って行く。こんな経験は人間の生涯にもそうあることではない。永田雅一には少しの悔いもなかった。

菊池先生が目をかけていた作家の一人で競馬好きだった吉屋信子さんもいっていた。

「トキノミノルは、目指すダービーに勝って忽然と死んでいったけれども、あれはダービーをとるために生まれてきた幻の馬だ」

そう、トキノミノルは「幻の馬」なのだった。

トキノミノルが死んで四年後に、永田雅一は、トキノミノルをモデルにして、少年と馬のふれあいを描いた「幻の馬」という映画を監督の島耕二に撮らせ、牧場主の娘を若尾文子に演じさせた。

永田雅一は、アメリカ人ジャーナリストの言葉通り、競馬の他に、プロ野球にも手を染めた。荒川区南千住に東京球場をつくり大毎オリオンズの本拠地にもした。競馬や野球に多くの金を使ってきたな、と永田は思った。

菊池寛十三回忌記念映画

「釈迦」を菊池先生がみたら、どういわれるだろうか。よくやったといってくださるだろうか。

永田は呟いた。いかん、先生のことを想うと、また涙腺がゆるんできた。

菊池寛の十三回忌にあたる昭和三十五年、永田は、菊池寛の代表作のひとつである『忠直卿行状記』と『わんぱく公子』の二作を原作とする記念映画を作り、十一月二十二日に封切った。

主役の忠直卿こと福井藩主松平忠直には、長谷川一夫の人気を凌《しの》ぎつつあった市川雷蔵をあてた。監督森一生、脚本八尋不二《やひろふじ》で臨んだ。「わんぱく公子」は併映作品で、船越英二と叶順子を起用した。

忠直は、徳川家康の孫で六十七万石の大名だったが、次第に悪逆非道の暴君と化し、そのことが幕府の耳に入って最後は流罪にされる。そういう史実に独自の解釈を加えて忠直の揺れ動く心情を巧みに描写し、不朽の名作に仕立て上げたのが、菊池先生の小説『忠直卿行状記』であった。

忠直卿の役は、市川雷蔵以外考えられなかった。雷蔵は、前々から「忠直卿行状記」の映画化を熱望していたからだ。そんなこともあって雷蔵は熱演してくれたが、いかんせん、興行的には今ひとつだった。

監督に指名した森一生とは新興キネマ以来のつきあいで、安心して任せられる男だった。「忠直卿行状記」を撮る前に森が監督した「不知火検校」では、それまで白塗りの役者に過ぎなかった勝新太郎に杉の市という極悪按摩をやらせて演技開眼させ、この作品がのちに大映のドル箱となる「座頭市」の企画につながっていき、勝は雷蔵と並ぶ大映の二枚看板スターとなるのだ。

「釈迦」が七億円の興行収入を挙げたことに気をよくした永田雅一は、七〇ミリ映画の第二弾として「秦・始皇帝」を製作したが、柳の下に二匹目のドジョウはいなかった。経営の歯車が狂ってきたことを永田は感じていた。

もう僕の時代は終わったのか……。永田は、いつになく弱気になっていた。

菊池寛の面影

永田は、また腕時計を見た。もうそろそろヤッコが帰ってくる時間だ。もう部屋に帰っていて化粧でも直しているのかもしれない。

アイスクリームのせいで口の中が甘い。永田は、冷たくなった水をいっきに飲んだ。

永田が初めて菊池寛と知り合ったのは昭和八、九年ごろだった。そのころから、永田は、菊池寛を深く尊敬していた。菊池寛は、ちょっと変わっていたが、ただの文壇のひとではなかった。だんだんつき合っている間に、そのことが永田には、よくわかってきた。

永田の友人川口松太郎が菊池寛の門下にいた機縁が、永田雅一と菊池寛をつなげたのだった。

菊池寛は非常に筆不精で有名であった。しかし、それにもかかわらず、旅行などすると、永田雅一に宛てて所感など書いて送ってくれたりもした。なにかまるで、男と女の関係のようだな、と永田雅一は思ったりもした。

創立当時は社長がなくて、永田雅一が専務で事実上の社長の事務をとっていた。なぜ、永田自身が、社長にならなかったのかは、大谷竹次郎氏からも、菊池寛先生からも問いただされていた。

その答えは、永田雅一が、京都の田舎者だからだった。永田自身、そう思い込んでいたし、田舎者として風当たりも強かった。だから、大映にふさわしい立派な社長を招聘《しょうへい》しようと永田は思ったのだ。そして、尊敬する菊池寛の下で永田は一切の仕事を引きうけたのである。

永田雅一の意中には菊池寛しかいなかったのだ。

菊池先生は、文壇の大御所といわれていたけれども、永田雅一にとって、単なる文壇人ではなかった。永田はそれまでのつきあいで菊池寛という人の真価を知っていた。菊池先生は、本当の〝ひとの世の苦労〟を知っていたひとだった。ご自分が苦労したことを若い作家たちにさせてはならない、そう思い続けて働いてきたひとだった。

永田雅一にとって、菊池寛は神のようなひとであったのだ。

だからこそ大映の社長を菊池先生に願ったわけだ。

それから亡くなられるまで四年間、朝夕菊池寛に尽くしたのは永田雅一だけであった。だから文壇人の一部では菊池寛を永田に取られたというやっかみのような話すらあった。

菊池先生が亡くなる少し前だった。

「永田君、僕の息子の英樹がいっているんだが、アメリカにはテレビジョンというものができたらしい。家庭の中で映画やニュースが見られるようになるといっていた。だから、映画界も気をつけなければいけないよ」

こんなことをいわれていた。たしかに、あのとき僕ももっとテレビの出現を心配しておけばよかった。

今では先生のいわれた通りにテレビにおされて映画界も衰退してしまった。映画の敵、テレビが普及してきたのだ。大映の興行成績も三年前がピークだった。今年の成績は、惨憺《さんたん》たるものになっている。

「菊池先生、二年後は東京のオリンピックですわ。業界では、カラーテレビが一家に一台といわれています。どうしたらいいでしょうか。菊池先生、いい手はないものでしょうか」

永田雅一は、頭の中で、菊池寛に懇願していた。

「菊池寛先生、もう一度、この僕を助けてくれませんか」

今度は、永田雅一の口から声になって言葉が出ていた。

喫茶室の入り口で中田康子が、満面の笑みで永田雅一に手を振っている。永田は気づくようすもなかった。

エピローグ

一九七一年、昭和四十六年十二月二十四日の朝日新聞の朝刊には「大映ついに破産　東京地裁が認める　借金は合計56億円」という記事が掲載されていた。破産申請を出し受理されたのが、この前日二十三日である。

ちょうど二十九年前のこの日は、永田雅一が巣鴨の刑務所を出所して箱根の旅館で大映の今後、また菊池寛を社長に口説く方策を練っていた日であった。記事には、

不渡手形を出し、みずから破産宣告の申立てをしていた大映（永田雅一社長、資本金四十億円）に対して、東京地裁民事部の杉本良吉裁判官は二十三日午後、破産宣告を認めるとの決定を下した。これで大映の事業活動に終止符が打たれることになった。

決定によると、大映は富士銀行など約二千人に五十六億円の債務があり、支払い不能のことが明らか、となっている。これにもとづき同裁判官は入江一郎弁護士（第二東京弁護士会所属）を破産管財人に選んだ。また債権届け出期間は来年二月二十九日まで、債権者集会と

債権調査の日時は同三月十三日午後一時となっている。

また、それに続く記事は「せめて年の瀬　越すカネを…　組合側要求」と題してあった。

大映組合連絡協議会（大映六組合の連合組織＝鍋井敏宏委員長）は、二十三日も午後六時から、東京都中央区八重洲の大映本社に約百人の組合員が集って団交を開いた。しかしこの日は、会社側で出席したのは菊地英樹（元文のママ）大映配給会社社長だけで、大映本社の永田秀雅副社長ら重役陣は病気などを理由に欠席した。

団交室にいた組合員たちに、破産宣告が認められたという情報がはいったのは午後五時ころだったが、予想していたせいか、ほとんどの組合員は冷ややかに聞き流すだけだった。ただ、大映本社従業員組合の奥田武宏委員長は「これからは交渉相手が代るわけだな」と、ポツリ一言。今後の闘争方針については「とりあえず年末一時金の残額と十二月分の給料、それと契約者への一律十万円の一時金を支払わせることが先決、長期的には、当然、企業続行を求めていく」と語った。

大映の年末一時金は、組合の要求通り三か月分プラス一律五万円という回答が出され、そのうち二か月分だけは、さる十四日に支給された。

あとがき

孫の夏樹が、僕のことを書いたようである。

一昨年は、僕がこの世に来たときのことを書いた『菊池寛急逝の夜』を白水社から出版してもらい、そして今回は、僕が大映の初代社長として、永田雅一君と奮闘していたころのことを書いたようである。

永田雅一君も長瀬君を連れ立って、いまでも、ときどき僕のところに遊びにくるが、話をすると、このころの話が多い。

妻の包子も嫁の百々生も、この世に来た。久米正雄君や吉川英治君、川端康成君も、太宰治君も皆、こちらの世に来て、なかなかこの世も賑わっている。次女のナナ子の娘マル子もいるし、夏樹の長男、勇樹が少し前にこの世に来て、最近の〝あの世〟の話をしてくれている。

あの世もなかなか大変そうだ。

さて、まずこの本を買ってくださった方々に、読んでくださった読者の方々に、孫の夏樹に代わってお礼を申し上げねばなるまい。これを〝爺馬鹿〟というのかもしれないが、許してほしい。面白かったか、つまらなかったかしれないが、とにかく、ありがとうございました。

多摩墓地にて　菊池寛

祖父が、私より先に挨拶をしてくれたので、書くべきことが、なくなってしまったようです。平成二十一年に『菊池寛急逝の夜』を書き上げたとき、白水社の編集担当の和気元氏からもう一冊書くようにとの依頼がありました。こんな私にお話がいただけるとは夢にも思わなかったのですが、しかし私は、ずぼらだけが祖父に似て、資料が揃っても、なかなか書く勇気が出なかったのです。和気氏にお尻を叩かれた結果が、この作品です。

この作品を書くにあたって、永田雅一氏のご長男、永田秀雅氏に、また、吉川英治氏のご子息、吉川英明氏に大変お世話になりました。深く感謝を申し上げます。

永田秀雅氏のお父様に関するエピソードは、とても面白かった。秀雅さんは、大正十四年生まれで、いま八十代の半ばです。五十年前の交通事故が原因で脊髄二か所を損傷して、二本の杖を持たなければ歩けないようでした。その身体で私の取材におつき合いくださったのです。しかし、エピソードの中には、この本の時代とは少し違っていて、本文中に盛り込めないお話もありました。そのひとつをご紹介します。

「父・永田雅一が亡くなる少し前だったかな、父は、東京湾沿いの浦安の土地を八百万坪も買って持っていたんだ。そしてね、死ぬ前に僕にいったんだよ。これから僕のいう十二社に全部土地を分けてあげてくれってね、貸してあげろというんじゃないよ、あげてほしいという。北海道炭硫汽船は、東京湾に石炭を積み下ろすところを持っていないから、北炭にあげろという。それから、大映が世話になったんだからデズニーにあげろといったんだ。ディズニーランドやディズニーシーがいまあるところは、親父の持っていた土地なんだよ」

もし、秀雅さんがお父様と同じような〝永田ラッパ〟でなかったら、歴史に残るようなエピソードだと思いました。永田雅一氏には、ダーティーなイメージもありますが、秀雅さんの取材で「親父は、菊池先生と同じで、この日本をなんとか良くしようと働いたひとなんだ」という言葉が印象的でした。

また、資料整理や資料探しを手伝ってくれた、以前東宝で助監督をしていた城島明彦氏に、高松市菊池寛記念館角陸由美子氏と学芸担当池内舞氏、そして職員の皆さんに、高松市菊池寛顕彰会の伴薫氏や大西良生氏に感謝申し上げます。

伯母の藤澤瑠美子、その娘松成貴美、叔母の西ヶ谷ナナ子、そして、当時の話を聞かせてくれた私の父菊池英樹に、恥かしいが、お礼をいいます。

今回も、私の家人の後押しがあって書けました。ちょうどこの作品を書いていたときに次男未《み》尋《ひろ》と佐藤美起とが結婚をしました。この作品をふたりに贈ろうと思います。私が除幕をした大映試写室の祖父の胸像は、現在文藝春秋のサロンで来てくださるお客様に微笑んでいることをお伝えしておきます。

最後になりましたが、この本を読んでくださった読者の皆様に、心より御礼申し上げて、オノトの万年筆のキャップを閉めることにいたします。

ほんとうに、ありがとうございました。

平成二十二年十二月

著者

参考資料

大映株式会社『大映十年史』（非売品）
永田雅一『映画道まっしぐら』（駿河台書房）
菊池寛『瓶中の處女』（白鳳出版社）
文藝春秋『文藝春秋七十年史』（非売品）
文藝春秋『芥川賞小事典』（非売品）
大西良生『菊池寛の世界』（同氏発行人）
片山宏行『菊池寛のうしろ影』（未知谷）
菊池寛『半自叙伝』（講談社学術文庫）
菊池寛『菊池寛全集』（改造社　昭和六年七月発行）
朝日新聞社『朝日新聞』昭和四十六年十二月二十四日朝刊
文藝春秋『話の屑籠』昭和十九年二月号
文藝春秋『文藝春秋』昭和十八年六月号
中田康子ホームページ『私の半生』（http://www.matsusen.jp/myway/nakata/nkt00.html）

写真及び資料提供　高松市菊池寛記念館／『大映十年史』

著者略歴
昭和二十一年六月東京生まれ
立教大学法学部卒業後、文藝春秋に入社。現在高松市菊池寛記念館名誉館長、デジタルアーカイブズ株式会社編集担当取締役、イー・ビー・ヘルス・ケア顧問

主な著書
『遺品逸品―偉人たちのとっておきの話』（共著　光文社）
『近現代日本人物史料情報辞典　第4巻』（菊池寛の項　吉川弘文館）
『菊池寛のあそび心』（ぶんか社文庫）
『菊池寛急逝の夜』（白水社）

菊池寛と大映

二〇一一年二月五日　印刷
二〇一一年二月二五日　発行

著者 © 菊《きく》池《ち》夏《なつ》樹《き》
発行者　及川直志
印刷所　株式会社　理想社
発行所　株式会社　白水社
東京都千代田区神田小川町三の二四
電話　営業部〇三(三二九一)七八一一
　　　編集部〇三(三二九一)七八二一
振替　〇〇一九〇―五―三三二二八
郵便番号一〇一―〇〇五二
http://www.hakusuisha.co.jp
乱丁・落丁本は、送料小社負担にてお取り替えいたします。

誠製本株式会社

ISBN978-4-560-08116-7

Printed in Japan

菊池寛急逝の夜

菊池夏樹

快気祝いの宴を襲った突然の悲劇。祖父創立の文藝春秋で活躍したその孫が、親族の証言などをもとに、偉大なる文豪・プロデューサーが駆け抜けた五十九年の生涯を、その日から迫る。